KB113795

MAJOR LEAGUER

메이저리거

FUSION FANTASTIC STORY

강성곤 장편 소설

메이저리거 1

강성곤 장편소설

초판 1쇄 찍은 날 § 2016년 7월 8일
초판 1쇄 펴낸 날 § 2016년 7월 15일

지은이 § 강성곤
펴낸이 § 서경석

편집책임 § 김현미

펴낸곳 § 도서출판 청어람
등록번호 § 제387-1999-000006호
등록일자 § 1999. 5. 31
어람번호 § 제1-2480호

주소 § 경기도 부천시 원미구 부일로 483번길 40 서경B/D 3F (우) 14640
전화 § 032-656-4452 팩스 § 032-656-4453
http://www.chungeoram.com
E-mail § chungeorambook@daum.net

ISBN 979-11-04-90887-3 04810
ISBN 979-11-04-90490-5 (세트)

MAJOR LEAGUER

메이저리거

FUSION FANTASTIC STORY

강성곤 장편 소설

10

도서출판 청람

MAJOR LEAGUER
메이저리거

목차

제1장

시즌의 끝은 다가오고 2

　퍼거슨의 차에 올라 곧장 시내의 구석진 부근에 자리한 카페로 향했다.

　딸랑!

　불행인지 다행인지 손님은 열 명이 채 되지 않았고, 다들 자신들의 업무에 몰두하고 있어서인지 카페로 들어서는 민우와 퍼거슨에게는 시선조차 주지 않고 있었다.

　"어서 오십시오. 주문 도와드리겠습니다. 어? 혹시⋯⋯."

　카페의 주인인 듯 보이는 약간 붉은 빛깔이 도는 긴 생머리의 젊은 여성이 의무적인 인사를 건네다 민우를 알아본 듯, 한 손으로 입을 가리며 눈을 동그랗게 떴다.

그 모습에 민우가 어색하게 웃어 보이자 여성이 퍼뜩 정신을 차리고는 본업에 충실한 모습을 보이기 시작했다.

"아! 일단 주문부터 받겠습니다."

"카페라떼 두 잔 부탁해요. 따뜻한 걸로."

"따뜻한 카페라떼 두 잔. 주문 받았습니다. 저 그리고… 혹시 괜찮으시면… 사인을 부탁드려도 될까요?"

빠르게 포스기를 두드리며 주문을 완료한 여성이 언제 꺼낸 것인지 꽃무늬가 수놓아 있는 손수건과 펜을 조심스레 꺼내 보이며 나지막이 물음을 건넸다.

그 모습에 퍼거슨이 민우를 바라봤고, 민우가 가볍게 고개를 끄덕이고는 펜을 받아 들었다.

"이름이?"

"에비(Abbey)예요."

민우는 사인과 함께 에비의 이름까지 적어주고는 함께 사진까지 찍어주었다.

메이저리그에 온 이후 알게 된 사실이었지만, 메이저리그에서 선수의 사인은 아무 곳에나 함부로 해주어서는 안 된다는 것이었다.

특히 상업적인 용도로 선수의 사인을 수집하는 이들이 너무나도 많았기에 몇 가지 제약이 있었고, 그중에서도 사인을 요청한 이의 이름을 적는 것은 되팔기를 막기 위해서라도 거의 필수라고 할 수 있었다.

'물론 그런 사람이었다면 저렇게 격하게 좋아하지도 않겠지만.'

에비는 곧장 환한 미소를 보이고는, 손수건을 꼭 쥔 채 상기된 목소리를 내뱉고 있었다.

"정말 영광이에요. 항상 응원하고 있으니 앞으로도 좋은 모습 부탁드려요! 음료는 준비가 되는 대로 자리로 가져다 드릴게요."

그 말과 함께 뒤로 돌아선 에비는 민우와 함께 찍은 사진을 재차 확인하고는 어깨를 들썩거리며 기뻐하고 있었다.

'저렇게 좋아할 줄이야… 고맙네.'

에비의 모습에 괜스레 뿌듯한 미소를 보이던 민우는 곧 퍼거슨을 따라 약간 그늘진 곳에 위치한 테이블에 자리를 잡았다.

자리에 앉은 퍼거슨은 민우를 바라보며 옅게 웃어 보였다.

"메이저리그의 인기인이 된 기분이 어때요?"

퍼거슨의 물음에 민우가 조용히 고개를 돌려 카페 안을 빠르게 둘러봤다.

에비의 소란에 민우를 발견한 듯, 카페 내부에 있던 손님들은 조심스레 민우의 정체를 확인하고는 하나둘 놀란 눈빛을 띠고 있었다.

그들의 반응은 두 가지로 나뉘고 있었다.

여자 손님들은 대체로 민우의 맞은편에 앉은 퍼거슨의 미모를 경계하며 그 정체를 궁금해하는 눈치였다.

반면 남자 손님들은 마치 민우와 퍼거슨의 용무가 빨리 끝나기를, 사인을 요청할 기회만을 기다리고 있는 느낌이었다.

하지만 민우는 그런 미묘한 차이를 느끼지는 못한 채, 자신에게 쏠린 시선에 어색하게 웃어 보일 뿐이었다.

"아하하. 경기는 익숙해져도 저의 팬이라는 사람들을 경기장 바깥에서 이렇게 마주하는 건 아직도 조금은 어색하네요."

퍼거슨은 여전히 때가 타지 않은 민우의 반응이 마음에 든다는 듯 옅게 웃어 보였다.

"앞으로 조금씩 익숙해질 거예요. 나중에는 구단 행사 같은 걸로 팬들 앞에 서게 될 테니까요."

퍼거슨의 이야기에 민우가 잠시 무대 위에 오른 자신의 모습을 상상하며 어색하게 웃어 보였다.

그사이 퍼거슨은 곧장 서류 가방에서 하나의 서류를 꺼내 민우의 앞으로 내밀었다.

"피곤하실 테니 슬슬 본론으로 들어가죠. 이건 전화로 말씀드렸던 삼정과의 후원 계약에 대한 세부 사항이 담긴 계약서예요. 말씀드렸던 대로 조건이 꽤나 괜찮아요. 개인적으로 강민우 선수도 만족할 조건이라고 생각해요. 한번 확인해 보세요."

퍼거슨의 목소리에는 자신이 따온 조건에 대한 자신감이 묻어나고 있었다.

'퍼거슨이 저렇게 자신만만해할 정도라니. 조건이 도대체 어느 정도기에 그런 거지?'

"음료 나왔습니다."

"아, 고맙습니다."

서류를 집으려던 민우의 자동 반사적인 감사 인사에 커피를 내려놓은 에비가 쟁반을 든 채, 수줍게 웃어 보였다.

"아, 아니에요. 그럼······."

빠르게 고개를 숙인 에비가 곧장 몸을 돌려 카운터로 급히 종종걸음을 옮겨갔다.

잠시 그 모습을 바라보며 미소를 보이던 민우는 가볍게 카페라떼 한 잔을 마시며 목을 축였다.

그러고는 곧 퍼거슨이 내민 서류를 들어 천천히 살피기 시작했다.

계약서의 설명은 기존의 니케의 계약서와 거의 비슷한 구조로 작성되어 있었다.

협찬 품목은 스마트폰부터 각종 전자기기 등 삼정이 세계 1위를 주창하는 물품들이 적혀 있었다.

그 목록을 확인하며 가볍게 고개를 끄덕이던 민우는 그 후원 금액에 시선이 이르자, 곧 두 눈을 크게 뜨며 큰 소리를 내고 말았다.

"연간 총액 11억 원?"

민우는 뒤늦게 자신이 실수를 깨닫고 빠르게 주변을 살폈다.

카페 안에 있던 모두의 시선이 큰 소리를 낸 민우를 향해 쏠려 있었다.

민우는 그들에게 가볍게 고개를 숙여 보이며 사과를 대신했다.

그나마 다행이라면 너무 놀란 나머지, 한국어를 사용해 다른 이들이 민우의 외침에 같이 놀라는 일은 벌어지지 않았다는 점이었다.

민우는 곧장 퍼거슨에게로 시선을 돌리고는 믿기지 않는다는 듯한 표정으로 물음을 건넸다.

"이거, 제가 제대로 본 것 맞죠? 연간 1억 원도 아니고, 11억 원이라고요? 그것도 한화로 11억이라니."

민우의 반응에 놀란 퍼거슨은 확인하듯 묻는 민우의 목소리에 만족스러운 듯한 미소를 보이며 고개를 끄덕였다.

"예. 맞아요. 삼정에서 강민우 선수의 연속 경기 홈런 기록이 마감된 뒤, 곧장 파격적인 제안을 해왔어요. 그리고 그 제안이 바로 그 계약서에 적힌 금액, 한화(KRW) 11억이죠. 그리고 그 아래에 추가적인 옵션 사항들도 있고요."

퍼거슨의 확인과 더해진 부연 설명에 민우는 다시금 계약서를 자세히 확인했다.

그리고 니케의 계약과 마찬가지로 각종 타이틀에 대한 옵션이 직혀 있는 부분을 확인하고는 천천히 고개를 끄덕거렸다.

옵션 부분은 그 금액이 대체로 니케의 그것과 비슷한 수준이었다.

"이만큼이나 되다니… 정말, 퍼거슨이 만족스럽다고 할 만하네요. 그런데 삼정에서 11억을 제안한 이유가 따로 있나요?"

민우의 물음에 퍼거슨이 가볍게 고개를 끄덕였다.

"정확히는 모르지만 대충 추측은 되네요. 왜 11억인지."

잠시 커피를 한 모금 마신 퍼거슨이 천천히 말을 이어갔다.

"처음 제안이 왔던 금액은 10억 언저리였어요. 그런데 아까 말씀드렸다시피 강민우 선수의 기록이 최종적으로 11경기에서 마무리되고 나서 연락이 왔다고 했으니, 추측해 보자면 11경기 연속 홈런에 11억이라는 의미와 가치를 부여하지 않았나 싶어요."

퍼거슨의 그럴싸한 설명에 민우도 이해가 된다는 듯, 고개를 끄덕였다.

"일리가 있네요. 그럼 만약 기록이 계속 이어졌다면……."

"더 높은 금액을 줬을지도 모르지만, 아무래도 그 이상은 후원 계약으로서는 꽤 부담스러운 금액일 테니 10억 언저리에서 합의가 됐겠죠."

"그렇죠? 하하……. 그나저나 퍼거슨은 매번 절 놀라게 하네요. 만약 퍼거슨을 만나지 못했다면 지금쯤 제가 어떤 모습일지 상상이 되지 않을 정도예요. 오늘 삼정과의 이 계약도 너무 놀랍고……."

민우가 자신에게 진정으로 고마워하는 것이 느껴지자 퍼거슨도 민우를 바라보며 말했다.

"지금은 이런 일들이 놀랍겠지만, 이게 바로 한국에서 생각하는 강민우 선수의 가치라고 보시면 돼요. 지금 이 카페에서 모두의 시선이 강민우 선수에게 쏠린 것처럼, 한국에서도 강민우 선수에 대한 관심은 하늘을 찌르고 있어요. 그리고 이 계약서에 적힌 후원 금액이 바로 그 인지도를 대신 말해주고 있다고 봐도 무방하죠. 한국에 가는 날, 공항에서 어떤 일이 벌어질지 기대해도 좋아요."

퍼거슨의 이야기에 민우는 원정 경기를 끝내고 홈으로 돌아올 때 공항에서 마주쳤던 인파를 떠올렸다.

그리고 TV에서 곧잘 보았던, 수많은 기자와 팬의 환호를 받으며 귀국하는 스포츠스타들의 모습도 겹쳐졌다.

'이제는 내가 그런 입장이라는 건가. 상상이 잘 안되네.'

"그럼 삼정 건은 이대로 진행할게요. 그리고… 후원 제안이 온 곳은 이곳뿐만이 아닌데, 마침 강민우 선수가 관심을 가질 만한 곳도 있어요."

퍼거슨은 서류 가방에서 다른 서류를 몇 개 더 꺼내 들었다.

"여러 곳이 있었는데, 그중에 자동차 업체에서도 후원 계약을 제시해 왔어요."

"자동차요?"

"예. 요새도 계속 클러비의 차를 타고 경기장을 오가고 있잖아요? 이참에 마음에 드는 기업과 후원 계약을 맺고, 좋은 차를 타보기에 딱 적당한 시기인 것 같네요."

퍼거슨이 꺼낸 서류에는 국내외의 자동차 제조사들의 엠블럼이 프린트되어 있었고, 그 아래에 그들이 제시해 온 계약 내용들이 적혀 있었다.

평소에는 그저 꿈만 꾸었던 외제차 브랜드들이 즐비한 모습에 민우가 어색하게 웃어 보였다.

"하하. 원하는 브랜드만 고르면 된다는 말씀이시죠?"

"예. 지난번 삼정과 LC 중 삼정을 고르셨듯이, 그냥 고르시면 나머지는 제가 할 일이니까요."

퍼거슨의 말에 민우의 시선은 자연스레 마음속 깊은 곳에 조심스레 감춰두었던 욕망의 대상, 독일제 브랜드의 엠블럼으로 향했다.

*　　　*　　　*

하루의 달콤한 휴식일은 빠르게 지나갔고, 다저스의 일정도 빠르게 흘러가기 시작했다.

홈에서 치러진 파드리스와의 1, 2차전에서 각각 1승 1패씩을 주고받아 동률을 이루며 위닝 시리즈를 차지할 팀은 3차전에서 담판이 지어지게 되었다.

특히 시즌 막판, 순위 경쟁이 치열한 상황에서 1승이 중요한 경기인 탓인지 경기는 6회 초까지도 0의 균형을 유지한 채 지지부진하게 이어지고 있었다.

양 팀 선발투수인 레이토스와 구로다는 투수전이 무엇인지 보여주겠다는 듯한 기세로 위력적인 공을 뿌려대고 있었고, 그럴 때마다 양 팀의 타자들은 속수무책으로 돌아설 수밖에 없었다.

하지만 그런 0의 균형은 6회 말, 레이토스의 제구가 흔들리면서 무너질 조짐을 보이기 시작했다.

따악!

따악!

"와아!"

"나이스!!"

선두 타자로 나섰던 2번 기브스와 3번 이디어가 연속 안타로 출루하며 1, 3루를 점령하자 레이토스의 미간에 주름과 함께 땀방울이 맺히기 시작했다.

타선이 오랜만에 다시금 활기를 보이자 다저스타디움을 찾은 수많은 팬이 기다렸다는 듯 가벼운 환호성을 내지르며 박수를 치고 있었다.

4번 로니를 시작으로 5번 강민우, 6번 블레이크로 이어지는 중심 타선이었기에 관중들의 눈빛에는 이번에야말로 무언가 일을 내지 않을까 하는 마음이 담겨 있었다.

슈우욱!

틱!

타석에 들어섰던 로니는 레이토스의 디셉션에 타이밍이 어긋난 듯 배트 끝으로 공을 건드리고 말았다.

로니가 때린 타구는 힘없이 바운드되며 3루수를 향해 느릿느릿 굴러갔다.

파드리스의 3루수, 헤들리가 곧장 앞으로 달려 나오며 공을 집어 들었지만 로니의 스윙보다 빠르게 베이스를 박차고 출발한 이디어는 이미 2루에 몸을 날리고 있었다.

촤아악!

"칫."

헤들리는 3루 주자인 기븐스를 힐긋 바라보며 홈으로 달리지 못하도록 묶어둔 뒤, 포수의 사인을 확인하고는 잠시의 고민도 없이 곧장 1루를 향해 공을 뿌렸다.

팍!

"아웃!"

간발의 차이로 아웃을 당한 로니가 아쉬움이 가득한 표정을 지으며 빠르게 더그아웃으로 방향을 돌렸다.

상황은 1사에 주자 2, 3루로 바뀌었다.

그리고 대기 타석에서 자신의 차례를 기다리던 민우가 천천히 타석을 향해 걸음을 옮기기 시작했다.

―아~ 결정적인 득점 찬스에서 로니 선수가 병살타를 때릴 뻔했습니다만, 타구의 방향도 방향이었고 이디어 선수가 적절한 타이밍에 도루를 시도한 것이 운이 따라주었네요. 1사 2, 3루로 바뀌며 타석에는 강민우 선수가 들어섭니다.

―강민우 선수는 로키스와의 3연전에서 침묵을 고수하다가 파드리스를 만나며 다시금 홈런포를 날리기 시작했죠?

―예. 1차전과 2차전에서 각각 솔로 홈런과 투런 홈런을 날렸었는데요. 하지만 두 개의 홈런 모두 예의 엄청난 비거리를 보여주는 모습보다는 좌측과 우측 펜스를 아슬아슬하게 넘어가는, 한마디로 타이밍이 조금씩 어긋나는 것을 힘으로 커버하는 느낌이 조금은 묻어나는 홈런을 만들어냈습니다.

―말씀하신 것처럼 오늘도 앞선 2회 말, 첫 번째 타석에서 날려 보낸 큼지막한 타구도 결국 펜스 앞에서 힘을 잃고 잡히고 말았었는데요. 투수들에게 약점이 분석된 것인지, 아니면 타격 메커니즘에 문제가 생긴 것인지 아직까진 확인할 길이 없습니다. 투수 와인드업!

레이토스가 특유의 디셉션으로 공과 팔을 숨겼다가 스트라이드를 내디디며 빠르게 휘둘렀다.

슈우욱!

팡!

레이토스의 손에서 뿌려진 공은 매섭게 바람을 가르는 소리와 함께 순식간에 포수의 미트에 틀어박혔다.

"스트라이크!"

초구는 바깥쪽 낮은 코스, 구석에 제대로 걸치는 공이었고 주심의 판단은 스트라이크였다.

히메네즈에게 제대로 타이밍을 빼앗긴 이후, 민우는 다른 투수들을 상대하면서도 알 수 없는 이유로 계속해서 타이밍이 어긋나는 느낌을 받고 있었다.

하지만 자신의 타격 자세가 담긴 비디오를 수 없이 돌려보고, 동작들을 비교해 보았지만 도무지 그 이유를 찾을 수가 없었다.

타율은 여전히 높았고, 안타는 여전히 잘 맞아 나오고 있었다.

하지만 민우를 지금의 자리에 올라오게 만들었던, 이제는 민우하면 모든 이들이 머릿속에 떠올리는 호쾌한 비거리의 홈런포는 상당히 줄어든 모습이었다.

전체적인 지표에 비해 홈런 부분이 확연히 떨어지는 이유는 아무리 머리를 굴려도 홀로는 답이 나오질 않았다.

'슬럼프는 길면 길수록 빠져나오기 어렵다고들 하는데… 오늘도 해답을 찾지 못한다면… 거기다 상대도 너무 좋지 않아.'

오늘 파드리스의 선발투수인 레이토스는 지금의 민우에겐 최악의 상대라고 할 수 있었다.

메이저리그 탑클래스의 디셉션, 마치 변속을 하듯 갑자기 속도가 빨라지는 스트라이드 동작까지.

타이밍을 빼앗는 두 가지 요소를 제대로 갖추고 있는 레이토스를 바라보는 민우의 낯빛이 조금 어두워졌다.

오늘 레이토스를 상대로 첫 타석은 중견수 플라이, 두 번째 타석은 풀카운트 승부 끝에 볼넷으로 출루했던 민우였다.

하지만 민우는 곧 복잡하던 머리를 털어버렸다.

'아무리 생각해도 답이 안 나온다. 당장은 팀의 득점 찬스인 지금의 타석에 집중하자.'

민우는 타석에서의 잡생각이 도움이 되지 않는다는 걸 히메네스와의 대결에서 뼈저리게 느꼈었다.

곧 머릿속을 깨끗이 비운 민우는 히메네스를 상대하는 데에 필요한 정보들만을 떠올리며 배트를 다잡았다.

곧, 레이토스의 손에서 뿌려진 공이 빠른 속도로 홈을 향해 날아오기 시작했다.

슈우욱!

곧 앞다리를 톡톡 두드리며 타이밍을 맞춘 민우가 배트를 내밀다가 급히 잡아당겼다.

'슬라이더!'

팡!

"볼!"

레이토스의 머리 위에서 뿌려진 공이 곧게 날아오다 급격히 아래로 꺾이며 스트라이크존의 아래를 스치고 지나갔다.

특유의 큰 신장과 오버핸드의 투구 폼에서 뿌려지는 공이었기에 그 낙폭이 더욱 크고, 빠르게 느껴졌다.

하지만 아예 건드리지도 못할 공은 아니었다.

곧 3구째를 준비하는 레이토스의 와인드업에 민우가 다시금 정신을 집중했다.

슈우욱!

몸 쪽으로 향하던 공이 살짝 휘어지는 모습에 민우가 눈을 빛냈다.

'투심!'

따악!

매섭게 돌아 나온 민우의 배트가 레이토스의 공을 강타하며 거친 타격음을 내뱉었다.

총알같이 쏘아진 타구는 레이토스의 머리 위를 지나 좌중간으로 휘어져 날아가기 시작했다.

타구의 방향을 확인한 민우가 배트를 던진 채, 곧장 스퍼트를 끊었다.

타다닷!

그와 동시에 2루와 3루에 있던 주자들도 타구가 잡히지 않을 것을 확인하고는 빠르게 스타트를 끊었다.

기븐스가 홈을 밟고, 뒤이어 이더까지 차례대로 홈을 밟으며 다저스는 순식간에 2점을 가져왔다.

순식간에 두 점을 만들어내는 민우의 모습에 다저스타디움을 찾은 관중들이 환호성을 내질렀다.

"와아아아!!"

"역시 강민우!!"

"홈런이 아니어도 좋다고!"

"위닝 시리즈는 우리 다저스가 가져간다!"

민우의 2루타가 6회까지 이어지던 0의 균형을 기어코 깨뜨렸다.

그것 하나만으로 다저스를 응원하는 모든 이들이 환하게 웃고 있었다.

─쳤습니다! 좌중간을 가볍게 가르며 굴러가는 타구! 그사이 3루 주자에 이어 2루 주자까지 모두 홈을 밟습니다! 강민우 선수의 2타점 적시 2루타! 0의 균형을 깨는 팀은 다저스였습니다! 스코어 2 대 0!

─잘 맞은 타구는 아니었지만, 방향이 좋았네요. 좌익수와 중견수가 손을 쓸 수 없는 빈 공간에 떨어지면서 가볍게 2루를 밟는 강민우 선수입니다.

자신을 향해 쏟아지는 환호성에 기쁨을 표할 법도 했지만, 2루 베이스를 밟고 선 민우의 표정은 그리 밝아 보이지 않았나.

'또 늦었어.'

결과는 좋았다.

2타점 적시 2루타로 다저스는 레이토스가 지켜내고 있던 파드리스의 마운드를 크게 흔들었다.

2루 베이스로 다가온 코치에게 보호 장구를 풀어 넘긴 민우는 아직도 저릿한 느낌이 남아 있는 손을 주물렀다.

분명 정확히 배트를 휘둘렀다고 생각했지만 공은 배트의 스위트 스폿에서 조금 벗어난 부위에 부딪혔다.

타석에서의 자신의 임무를 다하자 다시금 머릿속이 복잡해지기 시작했다.

하지만 아직 경기는 진행되고 있었고, 타석만큼 주루 플레이 역시 중요했기에 민우는 복잡한 머리를 다시금 비우려 노력했다.

'흠. 분명 결과가 좋은 데도 얼굴에 초조함이 묻어나는군. 무언가 걸리는 거라도 있는 건가?'

더그아웃의 난간에 손을 올린 채, 경기의 한 장면, 한 장면에 집중하고 있던 토리 감독은 멋지게 2루타를 쳐냈음에도 심각한 표정을 지우지 않는 민우에게 시선을 보내고 있었다.

"매팅리 코치. 오늘 민우에게 무슨 이상이 있거나 하지는 않았나?"

토리 감독의 갑작스러운 물음에 수첩에 무언가를 적고 있던 매팅리가 고개를 들어 민우를 바라봤다.

"아뇨. 특별히 이상하다고 할 것은 없었습니다."

"특별히라고 함은?"

"타격 연습에서 분명 잘 맞은 타구임에도 무언가 풀리지 않는 것처럼 고개를 갸웃거리더군요. 그 외엔 딱히 이상은 없었습니다."

매팅리의 말에 토리가 '흐음' 하는 소리를 내며 턱을 쓰다듬었다.

'타율은 여전히 고타율이고, 최근 경기에서 조금 낮아지긴 했지만 다른 선수들에 비하면 워낙에 높아 그리 티가 나지 않는다. 홈런 숫자가 조금 줄어들긴 했지만 그 역시 그동안 몰아친 것 때문에 적어 보일 뿐인데. 큰 문제가 드러나는 것은 없으니… 조금 더 지켜봐야겠어.'

생각을 마친 토리 감독은 가볍게 고개를 끄덕이며 용건이 끝났음을 알렸다.

"알겠네. 혹 무슨 일이 있다면 곧바로 나에게 알려주게."

"예."

따악!

블레이크의 배트가 불을 뿜으며 민우에 이은 연속 안타를 뽑아냈다.

민우는 블레이크의 타구가 우익수 앞에 떨어질 듯 보이자 곧장 3루를 지나 빠른 속도로 홈으로 쇄도하기 시작했다.

타다다닷!

그사이 공을 주운 파드리스의 우익수, 루드윅이 글러브에서 공을 꺼내 쥐고는 곧장 홈을 향해 강하게 팔을 휘둘렀다.

슈우욱!

하지만 이미 홈 플레이트를 몇 미터를 남겨둔 위치에 도달한 민우는 쐐기를 박듯이 홈 플레이트를 향해 빠르게 몸을 날렸다.

공과 민우를 번갈아 바라보며 이미 늦었다고 판단한 듯, 포수가 몸을 일으켰고, 그 빈 공간으로 민우의 손이 홈 플레이트를 가볍게 스치고 지나갔다.

촤아아악!

"세이프!"

팍!

뒤늦게 공을 잡은 포수는 어느새 2루에 들어선 블레이크를 바라보며 아쉬운 표정으로 공을 만지작거리고 있을 뿐이었다.

아웃 카운트 하나만을 잡은 채, 순식간에 점수 차가 3점까지 벌어지고 말았다.

위력적인 공을 뿌리던 레이토스였지만, 그는 무적이 아니었고, 무너지는 것도 한순간일 뿐이었다.

지난 경기에 이어 2경기 연속 민우에게 허를 찔리고 말았다는 생각에 레이토스의 표정이 가볍게 굳어졌다.

그리고 그런 심리적인 영향은 곧 투구에까지 미쳤고, 7회 말, 이디어에게 투런 홈런을 얻어맞으며 레이토스는 결국 완전히 무너지고 말았다.

파드리스는 8회 초, 뒤늦게 4번 타자인 곤잘레스가 2점짜리 홈런포를 쏘아 올리며 추격의 끈을 놓지 않았지만, 3점이라는 격차를 극복하지 못한 채, 결국 패배를 받아들여야 했다.

다저스는 파드리스와의 3차전을 승리로 가져가며 시리즈 전적 2승 1패를 기록, 또 한 번의 위닝 시리즈를 달성할 수 있었다.

경기가 끝난 뒤, 파드리스의 팬들은 7회에도 레이토스를 마운드에 올린 블랙 감독을 향해 비난의 목소리가 일었다.

파드리스의 블랙 감독은 '레이토스는 6회에 3실점을 하기 전까지 좋은 투구를 이어가고 있었다. 정타라고 생각되는 타구는 강민우의 2루타 하나를 제외하곤 없었고, 실점 이후 다시 안정을 찾아가고 있었기에 믿었을 뿐이다'라는 말을 남겼다.

하지만 그 해명에도 팬들은 우수한 불펜을 기용하지 않은 블랙 감독의 패착이라며 비난의 수위를 낮추지 않았다.

반면 다저스의 팬들은 다시금 승승장구하는 다저스의 모습에 더해, 점점 좁아져 가는 1위와의 격차를 떠올리며 환한 미소를 시어 보이고 있었다.

파드리스와의 3연전을 끝마친 다저스의 잔여 경기는 총 9경기가 남아 있었다.

그중 6경기는 원정 경기로 치러질 예정이었는데, 먼저 애리조나 다이아몬드백스와의 원정 3연전을 시작으로 콜로라도 로키스와의 원정 3연전을 치를 예정이었다.

그리고 마지막 3연전은 다시 홈으로 돌아와 애리조나 다이아몬드백스와 3연전을 치루며 시즌을 마감할 예정이었다.

이 대진표를 보고 내셔널리그의 각 팀의 팬들의 희비가 엇갈리고 있었다.

당장 디백스와 6경기를 치를 예정인 다저스의 팬들은 환한 미소를 지으며 우승이 코앞으로 다가온 것처럼 느끼고 있었다.

반면 내셔널리그 서부 지구의 선두 자리를 놓고 치열한 다툼을 벌이고 있는 타 팀들의 팬들은 그 낯빛이 조금은 어둡게 변하고 있었다.

그 이유는 다름 아닌 애리조나 다이아몬드백스의 존재 때문이었다.

62승 91패, 승률 0.405.

내셔널리그 서부 지구에서 각 팀에게 돌아가며 샌드백 역할을 하고 있다고 치부되는 팀이 바로 디백스였다.

홈에서의 승률마저도 5할이 채 안 되는 팀이었기에 홈 어드밴티지가 존재하는 지도 확실치 않은 팀이기도 했다.

시즌이 종국으로 향해갈수록 내셔널리그 서부 지구의 순위는 진흙탕 싸움으로 변해가고 있었다.

다저스가 디백스와의 남은 6경기를 어떻게 가져가느냐에 따라 서부 지구의 우승의 판도는 완전히 뒤집어질 수 있는 상황이 만들어진 것이다.

남은 아홉 경기에서 샌프란시스코 자이언츠가 디백스와 3연전을 남겨두고 있었기에 다저스에 이어 두 번째로 부러움을 받는 팀이었다.

이렇게 혼전을 거듭하는 내셔널리그 서부 지구야말로 시즌 말미까지 메이저리그에서 가장 핫한 시간을 보내고 있다고 할 수 있었다.

제2장

루키 헤이징 데이

파드리스와의 경기를 끝낸 다저스는 곧장 원정길에 오를 준비를 하고 있었다.

애리조나 다이아몬드백스와의 원정 3연전 이후, 곧장 콜로라도로 이동해 로키스와의 원정 3연전을 연달아 치러야 했기에 그들이 챙겨야 할 짐은 공항을 몇 번을 오가야 할 정도로 많은 양이었다.

그래서인지 열 명이 넘는 클러비들은 매니저의 지시에 따라 일사불란하게 움직이고 있었다.

"출발 시간이 얼마 안 남았어!"

"빨리빨리 움직여!"

"체크리스트 확인하는 것 잊지 마!"

클러비들은 빠르게 선수들의 짐을 공항으로 옮기느라 정신없이 움직이는 사이 샤워를 마친 선수들은 하나둘 정장으로 갈아입으며 이동할 준비를 하고 있었다.

하지만 평소와 달리 선수들의 얼굴에는 승리로 인한 기쁨과는 조금 다른 의미의 음흉한 미소가 걸려 있었다.

그리고 그들은 좋은 구경거리를 기다리고 있다는 듯, 라커룸이 한눈에 들어오는 목 좋은 곳에 의자를 가져다 놓은 채, 마치 관객석에 자리를 잡듯 편안한 자세로 앉아 있었다.

철컥.

그리고 그들의 기대를 충족시켜 줄 첫 스타트를 끊은 것은 민우와 함께 승격한 젠슨이었다.

"응?"

탄탄한 상체를 드러낸 채, 수건으로 머리를 털며 들어선 젠슨은 무리를 지어 앉아 자신에게 시선을 보내는 선배 선수들을 발견했다.

그리고 그들의 눈빛에서 느껴지는 불순한 기운에 순간 제자리에 우뚝 서고 말았다.

젠슨이 제자리에 멈춰 서자 기븐스가 요상하게 일그러진 표정으로 급히 젠슨을 보채기 시작했다.

"왜 이렇게 오래 씻었어. 빨리빨리 나와야지. 이러다 늦겠어."

젠슨은 기븐스의 행동에 일말의 의심을 품으면서도 빠르게 자신의 라커로 향했다.

그리고 곧, 젠슨의 비명이 들려오자 그를 바라보고 있던 선수들이 입을 막고 발을 동동 구르며 웃음을 참기 위해 노력했다.

"풉……"

"푸하하핫!"

"어이~ 젠슨! 빨리 입고 오라고!"

젠슨이 황당함이 가득 한 표정으로 선수들을 바라봤다.

젠슨의 뒤쪽으로 보이는 라커에는 젠슨이 정장을 걸어놨던 자리에 정장 대신 분홍 빛깔의 펑퍼짐한 드레스만이 달랑 걸려 있었다.

"왓 더……. 이게 도대체 뭡니까?"

"후후. 오늘은 너희들을 위한 날, 루키 헤이징 데이란다."

존슨의 설명에 젠슨의 얼굴이 파랗게 질려갔다.

루키 헤이징 데이는 메이저리그에서 매년 신인들을 대상으로 신고식을 치르는 날을 지칭하는 것으로, 일반적으로 시즌 마지막 원정길에 치러지고는 했다.

루키 헤이징 데이에는 선배 선수들이 우스꽝스러운 복장을 선택해 루키 선수들에게 입히는 장난이 치러지는 날로, 루키 선수들은 원정길 내내 이 복장을 입고 이동해야 한다.

일종의 연례행사인 셈이다.

그 사실을 익히 들어 알고 있던 젠슨이었고, 언젠가는 이런 날이 오리라는 사실도 알고 있었기에 어느 정도 각오는 하고 있었다.

하지만 눈앞에 걸린 의상을 본 순간, 그 각오는 와르르 무너지고 말았다.

"저보고 저 공주님 드레스를 입으라는 말입니까?"

젠슨의 루키 헤이징 데이 복장으로 당첨된 것은 디즈니 만화영화에나 나올 법한 공주가 입는 옷이었고, 까무잡잡한 피부에 어찌 보면 험악하다고도 할 수 있는 인상에 전혀 어울리지 않는 옷이었다.

젠슨의 반응은 솔직하면서도 당연한 것이었다.

"오늘 아니면 언제 이런 옷을 입어보겠냐. 얼른 입어. 시간 없다. 크크크."

최고참인 블레이크가 다가와 미소를 지으며 하는 말에 젠슨이 고개를 절레절레 저으며 그 옷을 입기 시작했고, 그 모습에 다시 한 번 선수들의 웃음이 터지고 말았다.

이후 올 시즌 메이저리그에 데뷔한 모나스테리오스를 시작으로 일라이, 린지 등 여러 명의 루키 선수가 차례대로 자신의 복장을 받아 들고는 각양각색의 표정을 지어 보였다.

그들의 반응에 만족스러운 미소를 짓고 있던 선수들은 마지막으로 남은 선수를 기다리며 초조한 듯, 손가락으로 팔걸이를 두드리고 있었다.

"민우가 좀 늦네."

"오늘의 메인 디시는 민우인데 말이지."

"녀석이 그 복장을 보면 어떤 반응을 보일까. 기대되는데.
후후후."

덜컥.

순간 문이 열리는 소리에 선수들이 언제 그랬냐는 듯, 근엄
한 표정을 지으며 뒤늦게 들어서는 민우를 바라봤다.

"이봐. 민우! 늦었잖아! 너만 준비하면 우리 바로 출발이야.
얼른 준비해!"

"옙."

존슨의 가벼운 보챔에 민우가 대답과 함께 빠르게 자신의
라커로 발을 움직였다.

그리고 라커 앞에 도착한 순간 민우가 일시 정지가 된 것처
럼 딱딱하게 굳어 버렸다.

'어? 어?'

민우는 순간 자신의 눈을 의심했다.

옷걸이에 걸어두었던 정장 대신 반짝반짝 빛나는 초록빛
외관에 나풀거리는 짧은 치맛자락이 민우의 눈을 흔들리게
하고 있었다.

그리고 그 옆에는 하얀색 스타킹과 노란 가발까지 걸려 있
었다.

'이게 도대체… 뭐야?'

당황해하던 민우는 옆에 지는 그림자에 고개를 돌렸다가 소스라치게 놀라고 말았다.

"헉!"

민우를 놀라게 한 것은 어느새 옆으로 다가온 젠슨이었다.

분홍빛 드레스를 입은 젠슨의 깜찍하면서 끔찍한 모습에 깜짝 놀란 민우가 본능적으로 뒷걸음질을 쳤다.

"젠슨… 그게 도대체……."

"으으. 말하지 마. 부끄러우니까… 얼른 입고 가자. 빨리 움직이는 게 살 길이야."

젠슨은 어색하게 웃어 보이고는 부르르 떨리는 손으로 민우의 어깨를 가볍게 두드려 주었다.

그리고 말끔한 정장차림의 기븐스가 젠슨을 대신해 민우의 곁으로 다가왔다.

"루키 헤이징 데이. 알지? 전통이니까 한 명도 빠져나갈 수 없어~ 그리고 너, 승리의 요정이었다고 했잖아. 그래서 내가 특별히 골랐다. 팅커벨 복장으로. 으하핫."

팡팡.

기븐스는 무엇이 그리 즐거운지 민우의 등을 두어 번 두드리며 '빨리 갈아입고 가자'는 말을 남기고는 천천히 민우에게서 멀어져 갔다.

잠시 멍하니 굳어 있던 민우는 곧 절망스러운 표정으로 옷걸이에 걸려 있는 팅커벨 복장을 바라보다가 부르르 떨리는 손으로 천천히 옷을 입기 시작했다.

선수단을 태운 버스는 공항으로 이동하던 중, 시내의 번화가에서 갑자기 멈춰 섰다.

영문을 모르는 루키 선수들이 조심스레 창밖을 바라보며 불안한 상상을 하고 있을 때, 존슨이 자리에서 일어나며 루키 선수들을 불렀다.

"다들 기왕 그렇게 입은 건데, 그냥 가기엔 아깝지?"

선수들은 절대 아니라는 듯, 강하게 고개를 저었지만 그 모습이 존슨의 미소를 더욱 짙게 만들었다.

"자자. 젠슨은 프렌치프라이 사오고 모나스테리오스는… 마지막으로 민우는 저기 카페에서 커피를 사오도록! 목록은 여기 적어뒀다."

존슨이 갑작스럽게 내린 미션에 루키 선수들이 당황한 표정을 지어 보이자, 그럴 줄 알았다는 듯 씨익 웃어 보인 존슨이 조건을 덧붙였다.

"가장 늦게 오는 녀석은 두고 떠난다. 사람들한테 손을 흔들면서 공항까지 퍼레이드하고 싶으면 얼마든지 허락해 주지. 그럼, 출발!"

잠시 멍한 표정을 짓고 있던 선수들이 너 나 할 것 없이 우르르 버스를 탈출하기 시작했다.

잠시 지체하는 동안 버스 주변에 모여들었던 LA의 시민들

은 버스에서 몰려 나오는 각양각색의 캐릭터들을 보고 함박
웃음을 보이기 시작했다.

"오오오!"

"오늘이 다저스의 루키 헤이징 데이구먼!"

"캬하하핫! 젠슨 좀 봐! 공주님이야!"

"모나스테리오스는 경찰이구만. 저건 좀 심심하네."

시민들은 루키 선수들이 입고 있는 옷을 마치 품평회 하듯
하나하나 평가하며 점수를 매기고, 사진을 찍고 있었다.

하지만 그 중에서도 가장 인기가 있는 것은 다저스 신드롬
의 주인공, 민우였다.

민우는 초록 빛깔에 반짝거리는 천이 이중으로 달린 꽉 끼
는 의상에 금발의 단발 가발을 쓰고 있었는데, 루키 헤이징
데이의 취지와는 달리 그 모습이 다른 선수들과 달리 꽤나 잘
어울리고 있었다.

마치 패션쇼에서나 볼 법한 색다른 모습에 시민들은 미소
를 띤 채, 환호성을 내지르며 민우의 주위를 빠르게 둘러쌌다.

"꺄아악! 강!! 여기 좀 봐줘요!"

"어쩜 저리 귀여울 수가 있지?"

"저 단단한 근육 좀 봐!"

"우락부락한 선수들이랑은 뭔가 달라!"

"얼굴이 잘생겨서 그래!"

"피터팬 같아!"

어느새 주변으로 몰려드는 시민들의 모습에 민우의 얼굴이 하얗게 질려갔다.

'이거 이러다 진짜 큰일 나겠는데⋯⋯.'

"아하하. 잠시만요. 저 커피를 사가야 해서요. 죄송합니다~"

어렵게 길을 뚫고 한걸음씩 나아가는 민우였지만, 한 무리를 헤치면 다른 무리가 나타나 민우를 알아보고 손을 내밀었고, 민우는 카페까지 가는 데에만 몇 분을 지체하고 말았다.

딸랑.

"어서오⋯ 세요."

카페 주인은 동화 속에서 튀어나온 듯한 초록색 의상을 입은 민우의 모습에 당황한 표정을 지어 보였고, 민우는 진이 다 빠진 표정으로 말없이 커피의 목록이 적힌 메모지를 내밀었다.

딸랑.

잠시 뒤, 카페 문을 열고 나서는 민우의 양손에는 커피가 한가득 꽂힌 캐리어가 양손, 그리고 입에까지 물려 있었다.

그리고 조금 전과는 달리 사람들은 민우의 앞길을 터주며 한 마디씩을 외치기 시작했다.

"꺄아아!"

"빨리 달려!!"

"지금 꼴찌야, 꼴찌!"

그중 귀에 꽂힌 꼴찌라는 단어에 혈색이 돌아오려던 민우의 얼굴이 다시금 하얗게 질려갔다.

'꼴찌라고?'

민우는 초록색 의상을 입고 홀로 이곳에 남을 모습을 상상하고는 온몸에 소름이 쫙 돋는 것을 느꼈다.

'아… 안 돼! 절대로 안 돼!'

다다닷.

민우는 커피를 쏟지 않는 선에서 전력을 다해 뛰기 시작했다.

곧, 주변 인파의 박수를 받으며 빠른 걸음으로 버스에 도착한 민우는 문 앞에 서 있는 기븐스와 존슨에게 커피를 내밀며 잠시 숨을 골랐다.

그리고 버스에 오르려는 순간, 기븐스가 근엄한 표정으로 팔을 들어 민우를 막아섰다.

"어허. 아쉽지만 이 버스에 자네의 자리는 없네."

안도한 표정을 짓던 민우는 기븐스의 말에 순식간에 당황한 표정을 지어 보였다.

"왜죠?"

민우의 물음에 기븐스는 말없이 버스의 창가를 가리켰다.

그 제스처에 민우는 천천히 뒤로 물러서며 버스의 창문을 바라봤다.

그러자 젠슨을 시작으로 한 명, 한 명씩 두더지 게임기가 고개를 내밀 듯 얼굴을 내밀더니 민우를 향해 어색한 미소를 지어 보였다.

"미안."

"어쩌다 보니 먼저 와버렸네."

"그럼… 조금 이따가 공항에서 보자고."

부르르릉.

한 마디씩 인사를 던진 뒤, 버스는 정말로 민우의 곁을 떠나 골목을 돌아 사라져 버렸다.

"헐……."

민우는 지금의 상황이 믿기지 않는다는 듯, 그 모습을 멍하니 바라보고 있었다.

그리고 그 모습은 사람들의 카메라에 고스란히 담겼고, SNS에 올라가며 순식간에 전 세계로 퍼져 나갔다.

SNS에 올라온 민우의 사진들은 수천 장이 넘어갔고 #잘생김, #버스놓친승리의요정, #어른은날수없어, #매정한다저스 #루키헤이징데이 등의 해시태그가 달리며 민우의 인지도를 야구계 바깥에서까지 끌어올리고 있었다.

그리고 코스튬이 꽤나 잘 어울리는 민우의 모습에 패션 업계와 완구 업체에서도 조심스레 퍼거슨과의 접촉을 시도했다.

하지만 그런 영문을 모르는 민우는 뒤늦게 정신을 차리고는 자신을 향해 몰려드는 인파를 겨우겨우 헤치고 택시를 잡아타고 나서야 공항으로 향할 수 있었다.

뒤늦게 공항에 도착해 애리조나로 향하는 전용기에 오른 민우는 멍한 표정으로 조용히 자신의 자리로 향했다.

화를 내거나 소리를 지를 거라 생각하고 기대하고 있던 선수들은 잠시 어리둥절한 표정으로 그런 민우를 바라보다가 이내 흥미가 떨어졌다는 듯, 피식 웃으며 자신들의 자리로 향했다.

"미안해~"

그런 민우의 옆에는 어느샌가 다가온 기븐스가 능청스러운 표정으로 민우를 달래고 있었다.

민우는 그런 기븐스의 모습에도 창밖을 바라보며 시선조차 돌리지 않고 있었다.

기븐스는 자신보다 열 살이나 어린 민우를 계속해서 달래주고 있었고, 잠시 뒤에야 민우는 고개를 돌려 황당함이 가시지 않은 눈빛으로 기븐스를 바라봤다.

"아니 설마설마 했는데 거기서 진짜 두고 가십니까. 저 정말로 당황했습니다. 깔려죽을 뻔했다고요. 몸은 또 얼마나 더 듬던지. 으으으."

민우는 다시 생각이 난다는 듯, 몸을 부르르 떨며 고개를 흔들었다.

"1년에 한 번 있는 날인데, 재밌으라고 그런 거지. 다들 그래왔고. 네가 이해 좀 해줘~ 그래도 덕분에 다들 얼마나 웃었는지 알아?"

능청스럽게 웃으며 이야기를 꺼내던 기븐스는 민우의 표정
이 가볍게 일그러지는 모습에 급히 스마트폰을 꺼내 들었다.

"자자. 그리고 결과적으로 이게 다 널 위한 일이 됐다니까?
반응들이 얼마나 좋았는데. 내가 아까 SNS 몇 개 스크린 샷
을 찍어 놨거든? 봐봐."

민우는 미심쩍은 표정으로 기븐스를 바라보다가 이내 스마
트폰을 받아들고 사진을 한 장, 한 장 살피기 시작했다.

기븐스의 말대로 SNS에는 민우의 외모 품평회부터 시작해
서 코스튬을 누가 골랐는지까지 칭찬을 하는 글들이 적혀 있
었다.

그리고 그 글을 확인한 기븐스가 뿌듯한 표정으로 민우를
바라봤다.

"어때? 내말이 맞지? 평생 한 번인데 이 정도는 해줘야지?
이게 나중에는 다 좋은 추억이 될 거다. 내가 너한테 정말 잘
어울리는 복장을 골라서 이렇게 반응도 좋은 거라니까?"

기븐스의 말에 조금이나마 퍼지려던 민우의 표정이 다시금
굳어지려 했다.

그러자 기븐스가 최후의 보루라는 듯, 하나의 제안을 해왔
다.

"내가 특별히 다음 시즌에 들어오는 루키들 복장 선택권의
지분을 나눠주지. 어때?"

민우는 잠시 그 모습을 바라보더니 피식 웃으며 고개를 저었다.

'뭐, 기븐스의 말대로 1년에 한 번 있는 날이고, 루키에겐 평생 한 번 하는 경험이기도 하니까…… 기븐스가 이 정도까지 하는데, 나도 적당히 맞춰줘야겠지.'

"흠. 그건 꽤 혹하는 제안이네요. 좋습니다. 합의 보죠."

민우가 미소를 지은 채, 손을 내밀자 기븐소도 입꼬리를 진하게 말아 올리며 그 손을 맞잡고 흔들었다.

"좋아. 다음 시즌에 같이 연구해 보자고."

평화 협상을 체결한 둘은 이내 다른 선수들의 루키 헤이징 사진을 들여다보며 시간을 보냈다.

그렇게 웃고 떠드는 사이, 2시간여의 짧은 비행이 끝나며 다저스 선수들은 플레이오프의 운명이 걸린 애리조나에 입성했다.

제3장

잡힐 듯 잡히지 않는

　다저스의 선수들을 실은 전용기가 피닉스 공항에 착륙했
다.

　그리고 곧 전용기의 문이 열리고 정장을 입은 선수들이 하
나둘 내려서기 시작했다.

　그리고 그들의 뒤를 이어 각양각색의 옷차림을 한 루키 선
수들이 차례대로 내려서기 시작했다.

　그리고 그들의 뒤에서 햇빛을 받아 심하게 반짝거리는 초
록색 의상을 입은 민우도 천천히 모습을 드러내고 있었다.

　민우는 훅 하고 밀려오는 뜨거운 공기에 미간을 찌푸렸다.

　선수들을 데려가기 위해 대기하고 있던 버스에 오르고 나서야 민우는 한숨을 돌릴 수 있었다.

"엄청 덥네."

민우의 하소연에 바로 옆자리에 앉아 있던 젠슨이 잠깐 사이에 줄줄 흘러내리는 땀방울들을 옷깃으로 훔치며 힘겹게 대답했다.

"피닉스는 태양의 계곡(Valley of the Sun)이라고 불리는 곳이니까. 그렇게 불리는 이유가 다 있는 거지. 뭐, 그래도 넌 시원해 보여서 좋네. 난 진짜로 죽을 맛이다."

젠슨의 말에 잠시 그의 온몸을 두르고 있는, 꽤나 두꺼워 보이는 드레스를 아래위로 훑은 민우가 안쓰러운 미소를 보이며 말없이 젠슨의 어깨를 두드려 주었다.

'사막이랬지.'

고개를 돌린 민우의 시야에 창밖으로 스쳐 지나가는 풍경이 들어왔다.

뉘엿뉘엿 넘어가는 붉은 태양 아래로 애리조나의 상징이라고 할 수 있는 선인장들이 스쳐 지나가고 있었다.

선수들은 경기와 비행으로 누적된 피로를 최고급 호텔에서의 휴식으로 어느 정도 씻어냈다.

경기 시작 3시간 전이 되자, 선수들이 하나둘 호텔 로비에 모습을 드러냈고, 곧 선수들을 실은 버스가 10분 거리를 달려 애리조나 다이아몬드백스의 홈구장인 체이스 필드에 도착했다.

이미 선수들의 짐은 클러비들이 옮겨놓은 상태였기에 선수들은 곧장 훈련 준비를 마치고 그라운드로 나섰다.

익숙한 듯, 몸을 푸는 고참 선수들과 달리 민우는 몸을 푸는 것과 동시에 경기장의 이곳저곳을 살피며 고개를 끄덕이고 있었다.

'확실히 돔구장이 좋긴 좋구나. 전혀 다른 곳에 온 느낌이야.'

디백스의 홈구장인 체이스 필드는 애스트로스의 홈구장인 미닛 메이드 파크처럼 개폐식 돔으로 이루어진 구장이었다.

메이저리그에서는 세 번째로 지어진 구장이었지만, 미국 내에서는 최초의 돔구장이기도 했다.

날씨가 선선할 때에는 돔을 열고 경기를 진행하는 날도 있었지만 태양의 계곡(Valley of the Sun)이라는 별명답게 미국에서 가장 더운 도시 중 하나로 꼽히는 곳이 바로 피닉스였다.

그런 무더운 날씨를 커버하기 위해 경기장 내부에는 에어컨 시설이 완비되어 있었는데 이 때문에 40도에 육박하는 바깥 날씨에 비해 경기장 내부는 30도가 채 되지 않고 있었다.

덕분에 디백스의 팬들은 무더운 날씨에 구애받지 않고 시원시원한 경기장에서 경기를 관람할 수 있었다.

이런 최고의 경기장을 홈구장으로 사용하는 디백스는 한때, 창단 4년 만에 월드시리즈 우승을 거머쥘 정도로 최고의 팀이기도 했다.

하지만 그런 영광도 잠시, 영광의 시대를 이끈 랜디 존슨, 곤잘레스 등 베테랑들이 줄줄이 무대 뒤편으로 사라지면서 리빌딩의 시대에 접어들었다.

그리고 현재도 리빌딩은 계속해서 진행 중이었다.

하지만 리빌딩이 마음대로 되는 것은 아니었고, 강력한 한 방을 가진 타선에 비해 투수진은 올 시즌, 두 자리 승수를 기록한 투수가 단 한 명도 없을 정도로 부진한 상태였다.

젊은 투수인 이안 케네디와 다니엘 허드슨만이 그나마 디백스의 선발 마운드에서 제 역할을 해주고 있다고 해도 무방했다.

타선은 그나마 나은 편이었는데 마크 레이놀즈를 필두로 4명의 타자가 20홈런을 넘는 화력을 보태며 디백스의 산소 호흡기가 되어 주고 있었다.

'그리고 마침 오늘 선발이 이안 케네디. 우리 선발은 일라이고. 오늘 경기는 저쪽 화력이 폭발하면 힘들지도 몰라.'

오늘 경기에서 다저스의 선발로 나선 투수는 루키인 일라이였다.

일라이는 6월까지 4승 5패에 3점대의 방어율을 유지했지만, 7월 들어 2경기에서 5이닝 11실점으로 무너지며 마이너리그로 내려갔던 투수였다.

하지만 확실한 5선발이 없는 다저스는 시즌 막판 투수진 보강을 위해 10월 들어 다시금 일라이를 메이저리그로 불러

들인 상태였다.

하지만 지금껏 2번의 선발 등판에서 10.1이닝 9실점으로 그리 좋은 모습을 보여주지는 못하고 있었다.

그리고 이런 민우의 우려는 곧 현실로 나타났다.

6회 말. 디백스의 팬들은 벌써부터 승리를 차지한 것 마냥 우렁찬 목소리로 하나의 구호를 연호하고 있었다.

"Beat LA! Beat LA!"

"Beat LA! Beat LA!"

자이언츠의 AT&T파크 그리고 파드리스의 펫코 파크에서 들려오던 바로 그 구호였다.

그리고 그 구호는 마치 마력을 가진 것처럼 타석에 들어서는 디백스의 타자들이 괴력을 발휘하게 만들고 있었다.

슈우욱!

경기장 내부엔 선선한 공기가 흐르고 있었음에도 마운드에 오른 일라이의 얼굴은 땀으로 흥건해져 있었다.

잠시 크게 숨을 내쉰 일라이가 힘차게 공을 뿌렸다.

슈우욱!

하지만 일라이의 공을 디백스의 5번 타자, 라로쉬가 기다렸다는 듯이 강하게 배트를 휘둘렀다.

따아아악!

체이스 필드에 또 한 번의 큼지막한 타격음이 울려 퍼졌다.

그 소리에 관중석을 차지하고 있던 디백스의 팬들은 끓어오르는 기쁨을 참지 못하고 열정적으로 환호성을 내뱉었다.

"우아아아!!"

"또 홈런이다!!"

"다저스 따위 별거 아니라고!!"

"4연승 가자!!"

"우린 아직 죽지 않았어!"

민우는 차마 손을 쓸 수조차 없을 만큼 높이 그려져 있는 회색빛의 라인을 제자리에 선 채 바라보고는 가볍게 한숨을 쉬었다.

'저건 날개라도 달려 있지 않는 한 못 잡지.'

돔을 뚫을 듯한 기세로 뻗어 오르던 타구는 민우의 예상대로 펜스를 훌쩍 넘어가고 말았다.

끝까지 포기하지 않고 타구를 쫓던 좌익수 기븐스의 노력이 무색해지는 순간이었다.

─넘어~ 갑니다! 좌측 펜스를 훌쩍 넘기는 라로쉬의 솔로 홈런! 이야~ 오늘 디백스의 화력이 일라이를 완전히 무너뜨려 버립니다!

─1회 존슨, 4회 레이놀즈에 이어 6회 라로쉬까지! 중심타선이 다시 한 번 홈런포를 가동하면서 디백스가 한 점을 더 달아나며 1차전 승리에 더욱 가까워집니다!

스코어를 알려주는 전광판의 숫자 중 디백스의 옆에 붙어 있던 숫자가 6에서 7로 바뀌었다.

바로 옆에 나란히 놓여 있는 다저스의 숫자는 1에서 변함이 없었다.

다저스는 곧바로 불펜을 가동하며 더 이상의 추가 실점 없이 점수를 지켰지만, 타선이 케네디를 마운드에서 끌어내리지 못하며 경기를 막판까지 어렵게 끌고 가고 있었다.

그리고 8회 초 1아웃 상황. 타석에는 오늘 경기 마지막 타석이 될 수도 있는 상황에서 민우가 들어섰다.

케네디는 그런 민우를 무표정한 얼굴로 바라보고는 포수의 사인에 다시금 절도 있는 투구 동작으로 강하게 공을 뿌렸다.

슈우욱!

모두의 시선이 공을 따라 마운드에서 타석으로 향하는 순간.

따아악!

민우의 배트에서 쏘아진 타구가 큼지막한 포물선을 그리자 다저스의 더그아웃에 앉아 있던 선수들이 난간에 매달린 채 타구를 쫓기 시작했다.

하지만 민우는 자신의 타구를 잠시 바라보다가 고개를 푹 숙이고는 천천히 베이스를 돌기 시작했다.

'이번에도 어긋났어.'

손에서 느껴지는 울림이 홈런이 아님을 알려주고 있었기 때문이다.

그리고 민우의 예상대로 민우가 1루를 돌아 2루로 향하며 타구를 바라보자, 중견수의 글러브로 빨려 들어가는 것이 보였다.

"하아."

민우의 입에서 아쉬움이 가득한 한숨이 밀려 나왔다.

아주 미묘한 차이.

그 미묘한 차이가 홈런을 펜스 앞에서 잡히는 평범한 플라이 볼로 만들어내고 있었다.

케네디는 민우에 이어 블레이크까지 잡아내며 아웃 카운트 3개를 채우며 끝내 8회까지 점수를 내어주지 않고 마운드를 내려갔다.

그리고 9회 초, 노장 마이크 햄튼이 마지막 이닝을 마무리하기 위해 마운드에 올라왔다.

슈우욱!

딱!

선두 타자로 나선 7번 타자 테리엇이 햄튼의 2구째 슬라이더에 배트를 내밀었고, 크게 바운드된 타구는 곧장 유격수의 글러브로 가볍게 빨려 들어갔다.

곧, 가볍게 스텝을 밟은 유격수의 송구가 1루수의 글러브에 정확하게 꽂혔고, 1루심은 한 손을 들어 주먹을 쥐어 보였다.

"아웃!"

노익장을 과시하는 햄튼의 모습에 체이스 필드에는 박수와 휘파람 소리가 들려왔다.

39살의 노장 투수에게는 힘을 주고, 마지막까지 무기력한 모습을 보이는 다저스 타선에게는 힘이 빠지게 하는 소리였다.

햄튼은 이어 8번 바라하스에 이어 대타로 들어선 존슨까지 깔끔하게 막아 세우며 디백스의 승리를 알렸다.

다저스의 더그아웃에 남아 있던 선수들은 최약 팀으로 치부되는 디백스에게 허무하게 1승을 헌납했다는 사실에 허탈한 표정을 지어 보였다.

"하필이면 시즌 막판에 기세가 등등해질 게 뭐람."

"로키스를 스윕한 것도 허투루 된 건 아니었나 보다."

"그래도 케네디한테 이렇게 압도당할 줄은 몰랐네. 그때랑은 완전 다른 투수가 됐잖아."

선수들의 이야기에 기록으로 이미 케네디를 살펴보았던 민우도 가볍게 고개를 끄덕였다.

'오히려 과거의 기억이 타선을 무디게 만들었을 수도 있다.'

시즌 초, 홈에서 4.1이닝 6실점으로 완전히 무너뜨렸던 케네디에게 완벽하게 압도당했다는 점, 이빨 빠진 호랑이인 햄튼에게 단 한 개의 안타조차 뽑아내지 못하며 추격을 시도조차 해보지 못했다는 점이 복합적으로 작용해 선수들의 허탈감을 배가시키고 있었다.

민우는 오늘 경기에서 볼넷 하나와 1루타로 두 번의 출루에는 성공했지만 단 한 점의 득점을 거두는데 그치고 말았다.

민우는 자신의 침묵과 함께 동반되는 팀의 패배에 그것이 마치 자신의 책임인 것처럼 씁쓸한 기분을 느끼고 있었다.

＊　　　　＊　　　　＊

털썩.

눈이 빠져나올 듯 노트북의 화면을 들여다보던 민우는 결국 호텔 방의 푸근한 침대에 몸을 파묻었다.

"하아."

노트북으로 비디오를 몇 번씩 돌려보고 돌려봐도 여전히 해답은 나오지 않았다.

아무리 봐도 자신의 타격 밸런스나 스윙 메커니즘은 이전과 전혀 차이를 보이지 않고 있었다.

'코치님이 아무런 지적을 하지 않는 걸 보면… 문제가 없는 것은 확실해. 그럼 도대체 이유가 뭐지?'

누가 보면 욕심을 부리는 것이라고, 그 정도에서 만족하지 얼마나 더 높이 올라가려고 하는 것이냐고 시기할지도 몰랐다.

하지만 민우로서는 이미 한 번 올라가 본 자리였고, 현실에 안주할 생각으로 메이저리그에 온 것도 아니었다.

그렇기에 끝까지 최선을 다할지언정 다시 올라가지 못한다고 생각하는 건 민우로서는 쉬이 받아들이기 힘든 일이었다.

'최소한 오늘 같은 경기에서는 홈런을 날렸어야 해.'

강팀에 강해야 진정한 강팀이었지만, 약팀에게는 강한 것이 아니라 당연히 이겨야 했다.

그렇지 않으면 그건 그저 일시적인 플루크일 뿐이었다.

하지만 자신의 홈런포가 터지지 않으며 확실한 득점원이 사라진 다저스는 불의의 일격에 정신적으로 휘청거리고 있었다.

물론 야구를 혼자서 하는 것은 아니었지만, 한 방을 때려줄 타자가 있는 것과 없는 것은 중요한 경기에서 그 차이가 극명히 드러났다.

지구 1위가 걸린 중요한 경기인 오늘, 다저스가 패배한 것처럼 말이다.

원래는 켐프가 그 역할을 해주어야 했지만, 켐프는 현재 선발 라인업에서 완전히 제외된 상태였다.

그리고 그 역할은 자연스레 루키인 민우가 이어받은 상태였다.

'안되겠어. 코치님이 지적을 안 하셔도, 내가 여쭤봐야지. 도대체 뭐가 문제인지. 코치님이라면 답을 주실 지도 몰라.'

다저스의 타격 코치인 매팅리는 뉴욕 양키스 한 팀에서만 선수 생활을 하며 통산 200홈런—2,000안타—3할 타율을 기록한 타자였고 올스타, MVP, 골드 글러브, 실버 슬러거 등 선수가 받을 수 있는 웬만한 상을 거의 휩쓴 위대한 선수였다.

민우가 모르는 정답을 매팅리라면 분명히 알려주리라는 생각이 들었다.

'솔직히 지금 성적도 엄청난 거라고 생각하니까… 건방지다고 생각할까 봐 여쭤보기가 꺼려졌는데… 이렇게 마음고생을 할 바에 차라리 말이라도 꺼내는 게 낫겠지.'

머릿속을 깔끔하게 정리한 민우는 내일을 기약하며 빠르게 잠을 청했다.

＊　　　　＊　　　　＊

훈련이 시작하기 전, 매팅리는 자신을 향해 곧장 질문을 건네는 민우의 모습에 잠시 어리둥절했다.

하지만 민우의 고민을 듣고 나자 이전에 토리 감독이 자신에게 건넨 물음의 의도를 깨달을 수 있었다.

'감독님은 이 녀석에게 고민이 있다는 걸 눈치채고 계셨던 건가? 그래서 나에게 물어봤던 거고? 이거… 코치 실격이군.'

민우의 얼굴에는 이전까지 눈치채지 못했던 답답함이 미약하게 묻어나오고 있었다.

마치 해답을 구하는 얼굴로 자신을 바라보는 민우의 모습에 매팅리가 과거의 자신의 모습을 떠올렸다.

"메이저리그의 선수라면 언제나 더 높은 곳을 추구하게 마련이다. 하지만 그 간절함이 선을 넘는다면 마음속에 초조함이 들어차게 되고, 그 초조함은 결국 선수를 갉아먹게 되지."

"초조함입니까?"

"그래. 지금 너의 모습을 보니 마음속에 초조함이 조금씩 자리를 잡기 시작한 것 같구나."

매팅리의 말에 민우가 부정하지 않겠다는 듯 고개를 끄덕였다.

"하지만 그런 자세야말로 메이저리거가 추구해야 할 최고의 자세라고 할 수 있지. 간절함이 없는 선수는 메이저리그에서 살아남을 수 없다. 현실에 안주하는 선수도 마찬가지지."

모두에게 들릴 정도로 목소리를 높인 매팅리의 말은 주변에서 몸을 풀고 있던 선수들의 귀에도 똑똑히 들어가고 있었다.

잠시 뜸을 들인 매팅리는 민우를 타석으로 이끌고 가며 조용히 말을 이어갔다.

"먼저, 슬럼프라는 단어부터 잘못됐다."

"예?"

민우가 영문을 모르겠다는 듯, 어리둥절한 표정을 짓자 매팅리가 피식 웃어 보였다.

"야구는 멘탈 스포츠다. 상대 투수와의 머리싸움만으로도 굉장한 에너지를 소모하는데 굳이 자기 스스로에게도 부정적으로, 슬럼프라고 말하며 스트레스를 줄 필요는 없잖나."

그 말에 민우가 '아' 하는 표정을 지으며 고개를 끄덕거렸다.

"그렇군요……"

"그리고… 너무 어렵게 생각할 건 없다. 해답은 가끔 나도 모르게 나오기도 하니까 말이다."

민우는 매팅리의 말을 들으며 걷다 보니 어느새 배터 박스의 옆에 이르렀다.

매팅리는 곧장 배터 박스에 들어서며 물음을 건넸다.

"항상 타석의 맨 앞쪽에 자리를 잡지?"

"예."

민우의 대답에 매팅리는 민우와 같은 위치에 자리를 잡더니 그 자리에서 다시 한 발을 물러섰다.

"오늘 경기에선 배터 박스에서 이렇게, 한 발을 물러서서 투수를 상대해 봐라."

민우는 고개를 끄덕이며 매팅리의 조언 뒤에 붙을 추가적인 설명을 기다렸지만, 매팅리는 그 설명을 끝으로 배터 박스를 벗어났다.

"끝… 입니까?"

민우의 조심스러운 물음에 매팅리가 피식 웃으며 고개를 끄덕였다.

"너의 타격 메커니즘은 현재 아무런 문제가 없다. 눈에 띄는 부분에서 문제가 없다는 것은 그 이유가 다른 곳에 있다는 뜻이지. 이럴 땐 복잡한 것보다는 그저 조그마한 변화를 시도하는 것이 오히려 크게 다가올 때가 있다. 이게 정답이 될 수도, 아닐 수도 있지만, 지금은 그저 이렇게 한 번 해봐라. 고민은 그 다음에 해도 늦지 않는다."

매팅리의 말에는 자신의 경험에서 묻어나온 믿음 같은 것이 느껴지고 있었다.

그 모습에 잠시 의문을 표했던 민우는 여전히 그 처방전이 이해가 되지 않으면서도, 그렇게 하겠다는 듯 고개를 끄덕였다.

십수 년을 선수로 생활했고, 또 십수 년을 코치로 생활하고 있는 매팅리였다.

그의 말을 들어서 나쁠 것은 없다는 생각이 들었다.

"알겠습니다."

매팅리는 그런 민우의 어깨를 가볍게 두드려 주고는 선수들을 불러 모았다.

*   *   *

디백스와의 2차전 경기 시간이 다가올수록 체이스 필드에는 관중들이 하나둘 들어차기 시작했다.

전날의 승리 덕분인지 디백스의 팬들의 얼굴에는 활기가

넘치고 있었다.

하지만 48,000명을 수용할 수 있는 경기장에 들어서는 관중들은 3만 명이 채 되지 않아 보였다.

시즌이 거의 끝나가는 시점에서 1위부터 4위까지의 혼전과는 동떨어진, 너무나도 압도적으로 밀려 버린 시즌 성적이 팬들의 마음을 떠나게 한 결과였다.

하지만 그럼에도 경기장을 찾은 디백스의 팬들은 오늘 경기에서도 디백스가 이길 것이라는 믿음 하나로 마운드 위에서 연습 투구를 하고 있던 허드슨을 향해 응원의 눈빛을 보내고 있었다.

어제 다저스를 잡으며 기록한 4연승은 시즌 초반, 그리고 시즌 말미에 두 번의 4연승을 거둔 디백스로서는 정말 소중한 연승 기록이었다.

그리고 그런 모습에 디백스의 팬들은 시즌 꼴찌를 기록할지언정, 연승을 이어가며 유종의 미를 거두길 바라는 마음을 가지고 있었다.

다저스의 선수들은 그들 나름대로 마운드를 바라보며 굳은 의지를 다지고 있었다.

그리고 민우는 허드슨의 연습 투구를 유심히 지켜보고 있었다.

'다니엘 허드슨. 디백스로 트레이드된 이후로 제구를 완전히 다잡았다고 했지.'

슈우욱!

팡!

허드슨은 우완 스리쿼터로 온몸을 꼬아서 던지는 독특한 투구 폼을 가지고 있었다.

'확실히 좌타자에게는 위협적인 공이다.'

좌타자의 몸 쪽으로 날아오다 급격히 휘어지는 패스트볼과 체인지업은 좌타자가 쉬이 배트를 내밀지 못할 것만 같은 모습이었다.

사실, 트레이드 이전 시카고 화이트삭스에서는 독특한 투구 폼을 제대로 유지하지 못해 제구에 어려움을 보이며 크게 두각을 드러내지 못하고 있었다.

하지만 디백스로 팀을 옮기면서 안정을 찾았고, 1선발 급의 호투를 이어가고 있었다.

최고 96마일의 포심 패스트볼에 86마일의 투심처럼 휘어지는 체인지업을 주무기로 던지며 간간히 90마일대의 슬라이더를 섞어 던지는 쓰리피치 투수였다.

이중 체인지업에 타자들의 헛스윙률이 20퍼센트에 육박할 정도로 그 구위가 뛰어난 편이었고 슬라이더도 이와 비슷했다.

그 결과 디백스로 적을 옮긴 후반기, 현재까지 10경기에서 6승 1패를 거두며 1.69의 방어율을 기록하고 있었다.

그리고 7이닝을 채우지 못한 경기가 단 두 경기에 불과할 정도로 이닝 소화 능력이 매우 뛰어난 투수이기도 했다.

이런 허드슨의 단점을 꼽으라면 10경기 동안 6방의 홈런을 얻어맞았다는 것 정도였다.

큰 것 한 방을 제외하고는 거의 실점을 허용하지 않는 투수가 바로 허드슨이었다.

'라이벌이 우승하는 꼴은 못 보겠다 이건가.'

민우는 순간 자신이 떠올린 생각이 우스운 듯, 피식 웃고 말았다.

선발 로테이션 상 다저스와 만나는 것이 필연적이기는 했지만, 상황이 상황이다 보니 이런 생각이 드는 것이기도 했다.

어쨌든 다저스는 지구 우승을 위해서라도 오늘 경기를 필히 잡아야 했다.

그리고 오늘 다저스의 선발투수는 허드슨에 전혀 밀리지 않는 투수, 커쇼였다.

커쇼의 구위와 이닝 소화 능력을 생각할 때, 허드슨에게 3점 이상만 뽑아낸다면 오늘 경기에서 충분히 승리를 점칠 수 있었다.

'디백스에게 위닝 시리즈를 뽑아내고, 하락세인 로키스까지 잡는다면… 희망은 있다.'

로키스는 다저스전부터 어제 경기까지 내리 패배를 거듭하여 5언패를 기록하며 순위 경쟁에서 가볍게 처지고 있었다.

특히 디백스와의 원정 3연전에서 스윕을 당하며 상승세를 완전히 잃어버린 상태였다.

다저스가 디백스를 잡고 상승세를 이어가고 하락세에 접어든 로키스가 반등하는 모습을 보이지 않는다면 해볼 만하다는 생각이 들었다.

'그전에 내가 먼저 살아나야겠지. 히메네즈 녀석에게 한 방 먹이기 위해서라도 말이지.'

*　　*　　*

국가 제창이 끝나고, 다저스의 선공을 시작으로 디백스와의 2차전 경기가 시작되었다.

1회 초는 싱겁게 지나갔다.

다저스의 1번 타자로 나선 캐롤이 허드슨에게 안타를 뽑아내며 출루에 성공했지만 이후 세 타자가 내리 범타로 물러나며 베이스를 밟지 못했다,

1회 말, 디백스의 공격도 비슷했다.

디백스의 1번 타자인 드류가 볼넷으로 출루했지만, 커쇼는 이후 세 타자를 삼진—우익수 플라이—삼진으로 완벽하게 돌려세우며 추가 진루를 허용하지 않았다.

그리고 2회 초, 민우의 첫 번째 타석이 돌아왔다.

민우는 더그아웃을 나서기 전, 매팅리를 힐긋 바라봤다.

그러자 민우를 바라보고 있던 매팅리가 옅게 웃어 보이며

고개를 끄덕였다.

'그래. 함 해보자.'

민우는 빠르게 준비를 마치고는 곧장 타석으로 향했다.

배터 박스에 다가선 민우는 평소에 자리를 잡던 맨 앞쪽에서 한 발을 뒤로 물러선 뒤, 바닥을 다지고는 천천히 자세를 잡았다.

마이너리그에서의 가르침 이후, 항상 앞쪽 라인에 걸치듯 서 있던 민우였기에 이렇게 뒤로 물러서는 것은 정말로 오랜만이었고 약간은 어색하게 느껴지기도 했다.

'이게 도대체 무슨 차이가 있는 걸까?'

잠시 그런 의문이 들었지만 이내 머리를 턴 민우가 허드슨에게 집중하기 시작했다.

어제 경기에서 좋은 투수 리드를 보인 디백스의 포수 유망주, 헤스터는 오늘도 디백스의 포수 마스크를 쓰고 선발 출전을 한 상태였다.

'오늘 경기도 기필코 잡는다. 올 시즌 첫 5연승을 내 손으로 만들어내겠어. 그러기 위해서는 이 녀석이 제일 문제겠지.'

헤스터의 눈이 민우의 몸을 위아래로 빠르게 훑어갔다.

연속 경기 홈런 신드롬을 일으킬 때에 비하면 그 파괴력은 이전보다 떨어진 상태였지만, 그럼에도 다저스에서 가장 위협적인 상대를 꼽으라면 디백스의 선수들은 모두 민우를 가리킬 정도였다.

헤스터도 그들 중 한 명이었고, 민우의 홈런 수가 초반에 비해 급감했다는 것에 주목하고 있었다.

'7경기 2홈런이었지. 아마 홈런 수가 줄어드는 것에 초조해하고 있을지도 모른다. 굳이 급한 녀석에게 정면 승부를 가줄 필요는 없겠지.'

헤스터는 곧 다리 사이로 손을 넣고 허드슨에게 사인을 보내기 시작했다.

곧 고개를 끄덕인 허드슨이 키킹 이후, 특유의 몸을 비트는 투구 폼으로 공을 뿌렸다.

슈우욱!

허드슨의 손을 떠난 공은 완전히 대각선을 그리며 날아오고 있었다.

가만히 있으면 몸에 맞을 듯한 공처럼 보였지만, 민우는 곧장 스트라이드를 내디디며 배트를 휘둘렀다.

따악!

쑤아악!

"헉!"

철푸덕.

공을 뿌린 허드슨은 자신의 구속보다 배는 빠르게 돌아오는 총알 같은 타구에 철푸덕 주저앉고 말았다.

날카롭게 바람을 가르는 소리를 내지르며 허드슨의 머리 위를 스쳐 지나간 타구는 가볍게 내야를 뚫고 중견수의 앞에 떨어지며 안타가 되었다.

─초구! 쳤습니다! 어우! 위험했네요! 투수의 머리 위를 아슬아슬하게 스쳐 지나간 타구가 중견수 앞에 떨어지며 안타가 만들어집니다. 오늘 첫 타석부터 공격적인 스윙을 보이는 강민우 선수입니다.

1루 베이스를 돌아 2루로 몇 발자국을 더 옮겼다가 되돌아온 민우가 1루 코치와 주먹을 맞대며 작게 기쁨을 표했다.

하지만 내야로 돌아오는 공을 바라보던 민우의 표정에는 약간의 의문이 담겨 있었다.

'느낌이 전혀 달라. 도대체 뭐지?'

그저 한 발을 뒤로 물러섰을 뿐이었다.

그 외에 달라진 것은 없었고, 눈에 보이는 대로 배트를 휘둘렀다.

그런데 그 손맛은 과거의 그 달콤한 손맛이었다.

홈런은 아니었지만 무언가 달라졌다는 것을 느낄 수 있었다.

민우는 힐긋 고개를 돌려 매팅리를 바라봤다.

'조그마한 변화가 크게 다가올 때가 있다라는 말은… 이걸 말한 거였나?'

무언가 말로 설명하기는 어려웠다.

하지만 민우의 몸은 이것이 바로 정답이라는 것을 말해주고 있었다.

왠지 다음 타석에서는 오랜만에 홈런을 때릴 수 있을 것 같은 기분이 들고 있었다.

"후후후."

민우가 나지막이 웃음을 내뱉는 모습에 바로 옆에 서 있던 디백스의 1루수, 라로쉬가 흠칫거렸다.

'깜짝아. 뭐야, 갑자기 웃고. 안타 친게 그렇게 좋은가.'

라로쉬는 곧 이상한 놈이라는 생각으로 민우를 가볍게 무시하며 경기에 집중했다.

1루 베이스에 발을 대고 있던 민우는 잠시 기쁨을 감춘 채 마운드를 바라봤다.

디백스의 선발투수인 허드슨은 조금 전의 타구에 놀란 마음이 남아 있는 듯, 굳은 얼굴로 엉덩이를 툭툭 털고 있었다.

'의도한 건 아니지만… 어찌 됐든 기회라면 기회. 제구가 흔들린다면 홈런을 때릴 확률이 더 높겠지. 블레이크가 한 방 먹여줬으면 좋겠는데.'

민우의 뇌리에 각인된 블레이크의 이미지는 그 연륜과 경험만큼 상대 투수가 흔들리는 것을 쉽게 놓치지 않는 타자였다.

'그전에 2루를 노려볼까.'

민우는 그런 생각과 함께 6번 타자인 블레이크가 타석에 들어서자 천천히 리드 폭을 벌려갔다.

그러자 어깨너머로 1루를 힐긋거리던 허드슨이 곧장 1루로 견제구를 뿌렸다.

슈욱!

'이크!'

촤아악!

툭!

손끝에 베이스가 닿음과 동시에 등 뒤로 닿는 라로쉬의 글러브에 민우가 잠시 숨을 골랐다.

'뭐, 쉽게 보내주지는 않을 거라고는 생각하고 있지만. 이건 이거대로 나쁘지 않지.'

1루 베이스를 밟고 일어서 가슴팍에 묻은 흙을 털어낸 민우가 코를 슥 문지르며 입꼬리를 말아 올렸다.

이후 허드슨은 블레이크에게 초구부터 96마일의 위력적인 포심 패스트볼을 스트라이크존에 꽂아 넣었다.

그 모습은 마치 민우에게 절대 도루를 허용하지 않겠다는 경고처럼 보였다.

그럼에도 민우는 조금 전보다 리드 폭을 조금 더 벌리며 허드슨을 도발했다.

'흔들려라. 흔들려. 그럴수록 우리한텐 도움이 될 뿐이다.'

민우는 몸을 좌우로 흔들거리며 허드슨에게 흔들리라는 주문을 걸었다.

헤스터가 만약 노련한 포수였다면 자신에게 모든 걸 맡기게 하고 투수에겐 투구에 집중하게 했을 것이다.

하지만 헤스터는 아직 경험이 부족한 포수 유망주였고, 투수를 진정시키는 것보다 민우의 움직임에 정신이 더 쏠려 있는 상태였다.

'도루를 노릴 생각인 것 같은데, 어림없다. 나에게서 메이저리그 첫 도루를 얻을 생각이라면 포기하는 게 좋을 거야.'

헤스터는 자신의 어깨에 꽤나 자신이 있었다.

마이너리그에서도 많은 도루를 잡아왔고, 메이저리그에서도 도루 저지율 하나만큼은 이미 어느 정도 인정을 받는 수준이었다.

반면, 민우는 마이너리그에서와 달리 메이저리그에서는 단한 번도 도루를 시도하지 않아 준족보다는 강타자의 이미지가 강했다.

빠른 발이 없다면 중견수에서의 수비가 불가능하다는 것이 상식이었지만, 헤스터의 뇌리에는 민우의 홈런과 도루 개수가 빠르게 지나갔고, 민우에게서 빠른 발이라는 이미지는 오래전에 지워진 상태였다.

오히려 자신의 어깨라면 민우 정도는 충분히 잡을 수 있을 것이라는 마음까지 가지고 있었다.

하지만 그런 마음이 커지며 투수의 흔들림을 다잡지 못했고, 어설픈 투수 리드로 이어졌다.

그리고 그 결과, 타석에 들어선 블레이크를 상대하는 데에 빈틈을 만들고 말았다.

슈우욱!

2구는 이미 한 번 보여주며 블레이크의 눈과 몸에 익은 공, 포심 패스트볼이었다.

그런 공을 타자가 때리기에 너무나도 알맞은 코스에 뿌렸고, 노련한 블레이크는 그 공을 놓칠 생각이 없었다.

또 하나의 공이 몸 쪽 높은 코스로 뻗어오자, 블레이크는 마치 기다렸다는 듯, 두 눈을 빛내며 매섭게 배트를 돌렸다.

따아악!

빠르게 스타트를 끊었던 민우는 블레이크의 배트에서 불꽃이 뿜어져 나오는 듯한 모습에 보폭을 줄이며 입가에 미소를 지어 보였다.

'넘어갔네.'

그리고 그 결과는 민우의 예상대로였다.

큼지막한 포물선을 그리며 좌중간을 가르며 날아가던 타구는 점핑 캐치를 시도하던 좌익수의 글러브를 가볍게 피하며 낮은 높이의 펜스를 가볍게 넘어갔다.

텅!

타구가 무언가에 부딪히며 홈런을 알리는 가벼운 울림을 전했다.

"아아……."

"홈런이라니……."

"무슨 생각으로 저런 공을 던진 거야……."

믿었던 허드슨이 너무나도 허무하게 투런 홈런을 허용하는 모습에 체이스 필드에 들어찬 디백스의 팬들은 허탈함이 가득한 표정으로 홈 플레이트를 밟는 민우와 다이아몬드를 천천히 도는 블레이크를 바라보고 있었다.

─2구! 잡아당긴 타구! 큰데요! 이 타구! 높게!! 멀리!! 누구도 손을 쓸 수 없는 큼지막한 타구! 펜스를~ 넘어 갑니다! 맞는 순간에 홈런을 직감할 수 있는 큼지막한 타구였는데요. 좌익수가 몸을 던져보았지만 미처 막을 수 없는 홈런이 나오고 말았습니다. 2회 초, 0의 균형을 깨는 블레이크의 투런 홈런으로 다저스가 2점을 먼저 앞서 나갑니다!

─아~ 정말 안일한 투구가 나왔네요. 자신의 구위를 믿는 것은 좋았지만, 그 코스가 너무나도 좋지 않았습니다. 그렇지 않아도 다른 지표에 비해 피홈런 개수가 많은 것이 문제가 되고 있는 허드슨인데요. 이번 경기에서도 그 문제를 해결하지 못하는 모습을 보이고 있습니다.

디백스의 포수, 헤스터는 뒤늦게 자신의 실책을 깨닫고는 미간을 찌푸리고 있었다.

'내가 미쳤지. 미쳤어. 강민우에게 집중한 나머지 블레이크

의 펀치력을 잊어버리다니. 후우, 이런 멍청한 놈아.'

헤스터의 모습은 프로들의 리그인 메이저리그에서 아마추어나 할 법한 본 헤드 플레이를 보여준 것이나 마찬가지였다.

힐긋 더그아웃을 바라보니 감독과 코치가 모두 굳은 얼굴로 대화를 주고받는 모습이 보였다.

헤스터의 눈에는 그 모습이 마치 자신을 어떻게 처리할 지를 논의하는 것처럼 보여 가슴이 조여 왔다.

이후 더그아웃에서 헤스터에게 직접 볼 배합을 지시하기 시작했고, 하위 타선을 모두 범타로 돌려세우며 이닝을 마무리 지었다.

2회 초, 민우의 출루에 이은 블레이크의 홈런으로 다저스는 2점을 앞서 나가기 시작했다.

하지만 후속 타선의 불발로 추가 득점을 얻어내는 것은 무위로 돌아가고 말았다.

하지만 2점이라는 점수는 커쇼의 구위를 생각할 때, 경기의 향방을 가를, 꽤나 소중한 점수를 얻어낸 것이었다.

그리고 그 기대에 걸맞게 커쇼는 2회 말에도 여전히 무적의 투구를 선보이며 디백스의 타선을 삼자범퇴로 돌려세웠다.

4회 초, 1사 주자 없는 상황.

스코어는 여전히 0 대 2, 다저스가 디백스에 2점을 앞서 나가는 상태가 계속되고 있었다.

그리고 민우가 다시금 타석에 들어서고 있었다.

가볍게 배트를 휘두르며 타석으로 다가오는 민우를 헤스터가 굳은 표정으로 노려보고 있었다.

'나 때문에 홈런을 맞았다고 생각하는 건가? 뭐, 어떻게 생각하든 상관없지만.'

민우는 그런 헤스터의 시선을 가볍게 무시한 채, 배터 박스에 들어서 천천히 자리를 잡았다.

이전 타석과 마찬가지로 배터 박스의 앞에서 한 발을 뒤로 물러선 위치에 선 민우의 모습에 헤스터의 눈빛이 미묘하게 변했다.

'그러고 보니… 이 녀석, 원래 배터 박스의 가장 앞쪽에 붙어 선다고 했는데, 어떻게 된 거지?'

기억을 되짚어본 헤스터는 바로 직전 타석에서도 민우가 배터 박스의 앞에서 한 발을 뒤로 물러선, 바로 저 위치에 자리를 잡았었다는 것을 상기하고는 미간을 찌푸렸다.

'완전히 놓치고 있었어. 이 녀석… 도대체 무슨 생각인거야?'

헤스터의 상식에선 시즌 중에 타격 폼을 수정하거나, 배터 박스에서의 위치를 옮기는 것은 타격감에 악영향을 줄 수 있었다.

그랬기에 민우의 행동이 더욱 의심이 되는 헤스터였고, 그런 생각이 그의 머리를 더욱 복잡하게 만들고 있었다.

'녀석의 배트 스피드에 문제가 생긴 건가? 선구안? 아니면 무언가 다른 수가 있는 건가? 더그아웃에 알려야 하나? 볼 배합을 다르게 가져가야 하나? 도대체 뭐지?'

점점 복잡해지는 머리에 더해 아무리 생각해도 나오지 않는 답에 헤스터의 미간이 조금씩 찌푸려졌다.

그리고 자신만의 생각에 빠져 경기의 진행이 더뎌지는 것도 모르고 있었다.

민우가 한 손을 들어 타임을 요청하자 주심이 곧장 양팔을 들어 타임을 선언했다.

"헤스터, 무슨 문제라도 있는 건가?"

주심의 말에 그제야 정신을 차린 헤스터가 곧장 고개를 저었다.

"아닙니다."

"흠, 그럼 더 이상 경기를 지체시키지 말도록."

주심의 가벼운 주의에 헤스터가 고개를 끄덕이고는 빠르게 사인을 보내기 시작했다.

민우가 의도한 것은 아니었지만, 결과적으로 헤스터의 머릿속을 복잡하게 만들었으니 민우로서는 이득이 되고 있다고 할 수 있었다.

슈우욱!

팡!

의심이 많아진 헤스터는 초구부터 눈에 띄게 바깥쪽 공을 요구하기 시작했다.

1구는 바깥쪽으로 흘러나가는 체인지업으로 볼을, 2구는 바깥쪽에서 휘어져 들어가는 슬라이더로 스트라이크를 잡아 내더니 3구는 다시 바깥쪽 낮은 코스로 빠지는 포심 패스트볼을 던지며 볼을 내어주었다.

3개의 공이 던져지는 동안 민우는 단 한 번도 배트를 내밀지 않고 있었다.

2볼 1스트라이크 상황.

잠시 발을 풀며 장갑을 매만지던 민우는 힐긋 헤스터를 바라봤다.

'허드슨은 특유의 투구 폼 때문에 원체 바깥쪽으로 많이 뿌리는 타입이기는 하지만, 스트라이크를 잡을 생각이 없어 보이는데? 헤스터의 요구인건가? 이번에도 바깥쪽이면 한번 휘둘러 보자.'

생각을 정리한 민우가 다시금 타석에 들어서 자리를 잡았다.

그러고는 배트로 홈 플레이트의 반대편 끝 부분을 툭 치고는 배트의 타점을 수정하듯 가볍게 휘둘러 보였다.

이윽고 헤스터의 사인을 받은 허드슨이 숨을 가볍게 내쉬고는 와인드업 자세를 취한 뒤, 힘껏 공을 뿌렸다.

슈우욱!

허드슨의 손을 떠난 공이 스트라이크존의 가운데로 향하

는 듯 보이다가 급격히 바깥쪽으로 방향을 틀기 시작했다.

동시에 민우가 툭툭거리며 타이밍을 맞추던 앞발을 강하게 내디디고는, 벼락같이 배트를 휘둘렀다.

따아악!

매섭게 돌아간 민우의 배트가 미처 바깥으로 휘어져 나가기 직전의 체인지업을 강하게 퍼 올리며 깔끔한 타격음을 내뱉었다.

낮은 라인 드라이브의 궤적을 그리며 쏘아진 타구는 센터 방면을 가르며 빠르게 날아가기 시작했고, 중견수가 급히 타구를 쫓아 달려가기 시작했다.

타구의 각도를 확인한 민우 역시 배트를 놓은 채 곧장 1루를 향해 빠르게 스퍼트를 끊었다.

―낮은 공을 퍼 올렸는데요! 이 타구! 센터 방면으로 쭉쭉 뻗어갑니다! 중견수가 쫓아가는데요!

빠른 속도로 쏘아져 날아가던 타구는 중견수의 키를 훌쩍 넘어 7미터 높이의 센터 펜스의 상단을 그대로 직격했다.

텅!

중견수는 타구보다 그 속도가 느렸던 덕분에 튕겨 나온 타구를 노바운드로 잡을 수 있었고, 곧장 스텝을 밟으며 2루를 향해 강하게 공을 뿌렸다.

하지만 민우는 전력으로 달린 덕에 선 채로 2루를 밟을 수 있었다.

—펜스 상단을 직격합니다! 중견수가 그대로 집어 들어 던집니다만, 강민우는 이미 2루까지 여유 있게 도달했습니다!

—워낙에 바깥쪽, 그리고 낮은 코스의 공이라 그대로 지켜보리라 생각했는데, 강민우 선수는 마치 저 코스를 노리고 있었다는 듯, 매섭게 배트를 휘둘렀습니다. 다만 타구의 방향이 센터 방면으로 향하면서 7미터에 달하는 펜스를 넘기기에 아주 조금 모자란 비거리가 나오면서 홈런이 되지 못했는데요. 강민우 선수로서는 조금 아쉽게 느껴질지도 모르겠네요.

—예. 맞습니다. 그리고 오늘 경기에서의 특이점이라고 한다면 강민우 선수의 배터 박스에서의 위치인데요. 이전까지 배터 박스의 가장 앞부분에 바짝 붙어서 타격을 시도하던 강민우 선수가 오늘 경기에서는 두 번의 타석에서 모두 한 발을 뒤로 물러선 위치에 자리를 잡았거든요.

—아! 그렇군요.

—예. 아시다시피 최근 7경기에서 단 2개의 홈런을 날리며 연속 경기 홈런 기록 이후, 홈런 개수가 급감한 모습이었는데요. 오늘 경기에서의 모습은 홈런포를 부활시키기 위해 무언가 힌트를 찾은 것이 아닌가 하는 생각이 드는 모습입니다. 지금까지는 2타수 2안타로 아주 좋은 모습이고, 본인의 얼굴

에도 꽤나 만족한 미소가 피어올라 있거든요. 이거, 랄프 카이너의 기록에 단 두 개 차로 다가온 상태라 그런지, 다음 타석이 더욱 기대가 되는군요.

2루를 밟은 민우는 만족스러운 미소를 지은 채, 더그아웃을 향해 총을 쏘는 듯한 세레머니를 보여주었고, 그 모습에 더그아웃에 남아 있던 선수들도 민우를 가리키며 웃음을 지어 보였다.

그리고 그 모습에 허드슨과 헤스터의 얼굴을 타고, 땀 한 방울이 흘러 떨어졌다.

'이거… 진짜로 위험해.'

민우가 2루를 밟은 채, 6번 타자인 블레이크가 타석에 들어서며 경기가 재개되었다.

이미 직전 타석에서 블레이크에게 투런 홈런을 얻어맞은 디백스의 배터리였기에 그 투구는 그리 공격적인 모습을 보이지 않고 있었다.

슈우욱!

팡!

4구는 휘어져 나가는 체인지업이었다.

공이 포수 미트에 꽂힌 뒤, 주심이 허리를 일으켜 세웠지만 그 팔은 아래에서 올라올 생각을 하지 않고 있었다.

볼이었다.

순식간에 4개의 공이 뿌려지며 볼카운트는 3볼 1스트라이크가 만들어졌다.

카운트가 몰리는 상황이 만들어지자 헤스터의 머리가 빠르게 돌아가기 시작했다.

'어차피 다음 타자인 테리엇은 최근 타율이 2할도 채 되지 않기도 하고… 1사 2루 상황이니까……'

미트에 꽂힌 공을 빼 들고 잠시 표면을 확인한 헤스터가 투수에게 공을 던져주며 빠르게 상황을 정리했다.

'블레이크를 내보내게 되더라도 테리엇의 배트를 끌어내서 병살을 유도하는 것도 나쁘진 않을 거야.'

볼카운트가 몰린 상황.

누가 보더라도 타격감이 좋은 블레이크보다는 테리엇을 상대하는 것이 훨씬 수월했다.

범타로 돌려세우는 것이 가장 좋았지만 단타를 맞거나 볼넷을 내어주게 된다면 어쩔 수 없이 1루를 채우게 된다. 만약 그런 일이 생긴다면 후속 타자인 테리엇에게 내야 땅볼을 유도해 병살타로 이닝을 종료한다.

헤스터의 머리가 떠올리고 있는 최상의 시나리오였다.

하지만 그런 생각은 어디까지나 미래의 일이었고, 당장은 블레이크에게 집중해야 할 때였다.

팡팡!

헤스터는 미트를 주먹으로 두드리고는 허드슨을 향해 빠르게 사인을 보냈다.

곧, 굳게 입을 다문 허드슨이 고개를 돌려 민우를 바라봤
다.

민우는 자신이 유격수와 2루수가 멀찍이 떨어져 있다는 것
을 진즉부터 확인하고 있었기에, 곧장 리드 폭을 크게 벌리며
허드슨의 신경을 건드렸다.

하지만 허드슨은 민우의 도발로 인해 홈런을 맞았던 기억
때문인지 애써 그런 민우를 무시하려는 듯한 느낌이었다.

그런 낌새를 눈치챈 민우가 속으로 '호오' 하는 듯한 표정을
지으며 곁눈질로 3루를 바라봤다.

3루수는 민우의 도루는 염두에 두지 않은 듯, 오히려 블레
이크의 타구에 대비해 3루 베이스에서 멀찍이 떨어져 있었다.

'3루를 훔쳐봐?'

마침 디백스의 3루스를 맡고 있는 아브레유는 전문 3루수
가 아니었다.

상황이 묘하게 돌아가는 모습에, 민우는 투수의 고개가 돌
아가자 3루 베이스를 향해 슬금슬금 발을 옮기기 시작했다.

그러면서도 언제든지 몸을 돌릴 수 있도록 주변 내야수들
의 움직임을 예의 주시하는 것을 잊지 않았다.

그리고 허드슨이 키킹을 하는 순간.

타다다닷!

민우가 이를 악문 채, 매섭게 스퍼트를 끊었다.

—여기서 블레이크에게… 어! 주자 뜁니다! 3루로!

쌔에에엑!

팡!

민우의 가속도가 최고조에 달했을 때, 귓가를 스치고 지나가는 날카로운 바람 소리를 뚫고 포수의 미트에 공이 꽂히며 내뱉는 가죽이 울리는 소리가 들려왔다.

매섭게 내달리는 민우의 시야 측면으로 블레이크가 크게 배트를 휘두르는 모습이 보이고 있었다.

미트에서 공을 뽑아든 헤스터가 고개를 숙이는 블레이크를 피해 팔을 뒤로 당겼다가 앞으로 뿌리고 있었다.

그와 동시에 민우는 수 미터가 남은 3루 베이스를 향해 몸을 날렸다.

좌아아악!

툭!

민우의 몸이 흙먼지를 일으켰고, 흙먼지를 뚫고 민우의 발이 3루 베이스에 닿는 순간.

슥!

민우의 다리 위로 송구를 받은 아브레유의 글러브가 빠르게 스치고 지나갔다.

민우의 베이스 터치와 아브레유의 태그가 거의 동시에 이루어진 것처럼 보이는 상황.

3루 베이스의 옆으로 비껴서며 모든 과정을 지켜본 3루심은 양팔을 크게 벌려 보였다.

"세이프!"

3루심의 판정에 당연히 아웃이라고 생각한 아브레유가 순간 몸을 움찔거리며 황당한 표정으로 3루심을 바라봤다.

하지만 3루심은 무표정한 얼굴로 아브레유를 바라보며 고개를 젓고 있었다.

"우우우우!"

"그게 어떻게 세이프냐!!"

"태그가 먼저 됐잖아!"

"눈 똑바로 뜨란 말이야!"

그렇지 않아도 2점을 뒤지고 있던 디백스였기에 팬들의 야유 소리는 몹시 매서웠고, 돔이 닫힌 체이스 필드를 계속해서 울리고 있었다.

―3루에서! 3루! 태그! 세이프입니다! 3루심의 판정은 세이프입니다! 강민우 선수의 기습적인 3루 도루로 주자는 1사 3루로 바뀝니다! 3루심의 세이프 판정에 체이스 필드를 가득 메운 관중들이 거친 야유를 쏟아냅니다.

―아~ 이건 주심의 판정이 정확했네요. 다시 보시면, 비어 있는 3루를 노리고 강민우 선수가 스타트를 끊자, 아브레유

선수가 급하게 3루로 돌아가며 몸을 날렸는데요. 살짝 미끄러지면서 강민우 선수의 다리 위로, 이렇게 스윙을 하듯 글러브가 지나가 버렸거든요. 그런데 강민우 선수는 발끝을 살짝 뒤이면서 태그를 절묘하게 피했고요. 마음이 급했던 아브레유 선수는 아마 태그가 되었다고 생각한 것 같습니다만, 미처 글러브는 닿지 않았습니다.

—타이밍은 거의 비슷했는데, 이건 3루심이 정확하게 잘 본게 맞습니다. 아브레유의 태그 미스로 한 베이스를 더 내어주고 마는 디백스입니다. 이제 깊은 플라이 하나만 나와도 실점이 나올 위기를 맞이하는 디백스. 타석에는 블레이크가 풀카운트 상황에서 6구를 기다립니다.

펜스를 맞히는 대형 2루타를 날린 것도 모자라 순식간에 3루를 훔쳐 버리는 민우의 모습에 더그아웃에서는 선수들이 머리에 양손을 올린 채, 연신 '오 마이 갓!', '언빌리버블!' 등의 감탄사를 내뱉고 있었다.

반면, 민우에게 완전히 허를 찔려 버린 헤스터의 미간엔 깊은 주름이 패어 있었다.

'젠장. 설마 했더니 진짜로 뛸 줄이야.'

직전 타석에서는 1루에서 도발에 낚여 그것이 블레이크의 홈런으로 이어졌었다.

그렇기에 2루타를 때린 이번 타석에서는 같은 도발이라 생각하고 블레이크와의 승부에 더욱 집중했다.

그런데 마치 그것을 노린 것처럼 단 한 번의 주춤거림도 없이 가볍게 3루를 훔쳐 버리는 민우의 모습에 치가 떨렸다.

'완전히… 내 머리 위에서 노는 느낌이잖아. 젠장!'

그런 헤스터의 마음을 아는지 모르는지, 민우는 3루에 선 채, 여유 있는 표정으로 스트레칭을 하듯 몸을 좌우로 흔들고 있었다.

헤스터는 그런 민우를 노려보다가 고개를 휙 돌려 블레이크와의 승부를 다시 이어나갔다.

'어정쩡한 플라이만 나와도 홈으로 쇄도할거야. 최대한 낮은 공으로 배트를 유인하자. 어차피 다음 타자는 테리엇이야.'

2루에서 3루로 바뀌었을 뿐, 헤스터의 생각에는 변함이 없었다.

헤스터의 사인을 받은 허드슨도 그 생각에 동의한다는 듯 고개를 끄덕이고는 글러브를 가슴팍으로 끌어 올렸다.

허드슨의 시선과 민우의 시선이 정면으로 마주친 뒤, 곧 와인드업 자세에서 허드슨이 강하게 공을 뿌렸다.

슈우욱!

한가운데의 스트라이크존으로 쏘아진 공이 조금씩 휘어지며 바깥쪽으로 빠져나가는 궤적을 그리기 시작했다.

동시에 블레이크가 허리를 살짝 숙이며 배트를 가볍게 휘둘렀다.

따악!

허리 회전이 들어가지 않은, 온전히 손목의 힘만으로 퍼 올린 타구였기에 타구에는 힘이 실리지 않았다.

모두가 긴장한 시선으로 가볍게 떠오른 타구를 바라보기 시작했다.

타다닷!

1루수와 2루수가 타구를 쫓아 외야로 달려가기 시작했고, 우익수는 빠르게 내야 방향으로 달려 내려오고 있었다.

하지만 1루수의 키를 훌쩍 넘긴 타구는 순식간에 하강을 시작했고, 세 명의 야수들이 타구 근처에 채 도달하기도 전에 그라운드에 닿고 말았다.

툭!

타다닷!

3루와 홈 사이에서 하프웨이를 하며 그 모습을 지켜보던 민우는 타구가 그라운드에 떨어지는 것을 확신하고 곧장 홈으로 내달려 여유 있게 홈을 밟으며 득점에 성공했다.

―아~ 블레이크가 허리를 빼며 툭 건드린 타구였는데요. 이 타구가 누구도 잡을 수 없는 위치에 떨어지면서 행운의 안타가 만들어집니다! 그사이 강민우 선수는 홈 플레이트를 밟으며 추가 득점에 성공합니다. 스코어는 0 대 3으로 다저스가 한 점을 더 달아납니다.

뒤늦게 공을 주운 우익수가 공을 들어 던지는 시늉을 했지만, 그 누구도 잡을 수 없는 상황이었다.

"아……."

한 자리에 모인 1루수, 2루수, 우익수가 마치 판박이처럼 입을 벌린 채, 아쉬운 표정을 지어 보이고 있었다.

블레이크의 애매한 타격이 오히려 1루수와 우익수, 그리고 2루수가 그리고 있던 삼각형의 사이에 떨어지는 행운의 안타를 만들어내고 말았다.

민우의 3루 도루 시도가 아니었다면 득점까지는 연결되지 않을 법한 타구였기에, 디백스 팬들의 원망스러운 시선이 일제히 하이파이브를 나누고 있는 민우에게로 향했다.

디백스에게는 전날과는 달리 정말 운이 따라주지 않는 경기라고 할 수 있었다.

이후 디백스의 배터리는 7번 테리엇을 중견수 플라이로, 8번 바라하스를 삼진으로 돌려세우며 추가 실점을 면했고, 겨우 한숨을 돌릴 수 있었다.

하지만 곧 마운드에 오르는 다저스 선발, 커쇼의 널찍한 등판을 바라보던 팬들의 얼굴은 급격히 어두워졌다.

'디백스 타선이 저 녀석에게 3점을 뽑아낼 수 있을까?'

'1회에 볼넷 하나 내준 것 말고는… 안타가 없어.'

'이러다가 노히터라도 내어주는 거 아니야?'

슈우욱!

팡!

커쇼는 연습 투구조차 위력적이었고, 마치 그들에게 역전 따위는 불가능한 일이라는 것을 알려주는 듯했다.

그리고 4회 말, 2번 타자인 아브레유를 삼구삼진으로 돌려 세우며 가볍게 스타트를 끊는 커쇼의 모습에 팬들이 한숨을 푹 쉬고 말았다.

"존슨. 너라도 어떻게 좀 해보라고!"

"날려 버려!! 존슨!!"

팬들의 절박한 목소리를 뒤로 한 채 디백스의 3번 타자인 존슨이 타석으로 들어섰다.

존슨은 팀 내 20홈런 이상 타자들 중 유일하게 2할 8푼을 넘는 타율을 기록하고 있는 타자였다.

다른 타자들이 펀치력을 위주로 한 공갈포라면 존슨은 정확도와 펀치력을 겸비한 타자라고 할 수 있었다.

준비 자세를 취한 존슨이 곧 커쇼를 굳은 표정으로 노려보기 시작했다.

직전 타석에서도 펜스 앞에서 잡히는 우익수 플라이를 날려 보낸 존슨이었기에 이번에도 큰 타구를 날려 보낼 자신이 있었다.

'이번에야말로 한 방 날려주마!'

커쇼는 특유의 역동적인 투구 폼으로 스트라이크존의 구석

구석을 노리는 공을 뿌리기 시작했다.

슈우욱!

팡!

"스트라이크!"

"볼!"

"볼!"

"스트라이크!"

4개의 공이 스트라이크존의 경계를 이리저리 넘나들며 순식간에 2볼 2스트라이크를 만들어 버렸다.

그리고 곧, 커쇼가 다시 한 번 키킹과 함께 강하게 공을 뿌렸다.

슈우욱!

크게 떠오르는 공에 존슨의 눈이 빛났고, 곧 예상 궤적을 향해 매섭게 배트를 내돌렸다.

따아악!

뚝 떨어지는 공을 그대로 퍼 올리는 존슨의 타격에 커쇼의 고개가 절로 뒤쪽으로 돌아갔다.

존슨의 타구는 우중간을 가를 듯 매섭게 날아가고 있었고, 최소 2루타는 나올 것 같아 보였다.

타다다닷!

하지만 마치 알고 있었다는 듯, 잽싸게 스타트를 끊은 민우가 어느새 타구를 쫓아 내달리고 있는 모습이 보였다.

낮은 포물선을 그리며 뻗어가던 타구가 빠르게 하락을 시작했고, 금방이라도 그라운드에 부딪힐 것만 같았다.

탁!

순간, 낙구 지점에 거의 도달한 민우의 몸이 붕 떠올랐고, 쭉 뻗어진 민우의 글러브에 거짓말처럼 존슨의 타구가 꽂혔다.

촤아아악!

뒤이어 그라운드에 내려앉은 민우의 몸이 수 미터를 미끄러진 뒤에야 멈춰 섰고, 여유 있는 몸짓으로 자리에서 일어선 민우는 글러브 안의 공을 꺼내 백업을 온 우익수 이디어에게 건네주었다.

그 모습을 처음부터 끝까지 지켜본 디백스의 팬들이 머리를 쥐어뜯으며 허탈한 표정을 짓고 있었다.

"헐……"

"미친… 저게 말이 돼?"

"저런 타구까지 잡으면… 오늘은 가망이 없다고……"

"어디서 저런 미친놈이 튀어나온 거야. 켐프를 데려오라고!"

모두가 잡지 못할 것이라고 생각한 타구를 잡아내는 민우의 모습은, 마치 쥐를 낚아채는 매의 날갯짓을 본 것이 아닌가 하는 착각에 빠뜨렸다.

민우의 완벽한 수비를 바라보던 커쇼가 환한 웃음을 지으며 주먹을 불끈 쥐어 보였다.

"좋아!!"

민우는 그런 커쇼를 바라보며 가슴을 두드린 뒤, 검지와 소지를 들어 보였다.

'2아웃!'

민우의 호수비에 이은 행동에 잘생긴 외모까지 받쳐 주자 디백스의 일부 여성팬들이 잠시 혹한 표정을 지어 보이고는 깜짝 놀라며 고개를 저었다.

커쇼는 그 모습에 씨익 웃으며 고개를 끄덕이고는 로진백을 매만지며 다음 투구를 준비하기 시작했다.

뒤가 든든한 투수에게 두려울 것은 없었다.

슈우우욱!

팡!

"스트라이크 아웃!"

"아오!"

공 4개 만에 순식간에 삼진을 헌납한 4번 타자 영이 분한 마음을 감추지 못하고 거친 말과 함께 배트와 헬멧을 내던졌다.

그리고 그 모습은 오히려 디백스 팬들의 사기를 떨어뜨리고 있었다.

디백스의 선발투수인 허드슨은 오랜만에 경험하는 난타에 이를 악물었다.

디백스 이적 이후, 완벽하게 다잡은 제구가 조금씩 흔들리고 있었다.

어제와 달리 우왕좌왕하며 수준 이하의 모습을 보이는 포수, 헤스터에 대한 신뢰도 점점 떨어지고 있었다.

'내 공이 문제가 아니라, 헤스터의 리드가 문제야.'

한번 자라난 불신의 싹은 빠르게 자라나기 시작했다.

슈우욱!

따아악!

허드슨의 손을 떠난 공을 따라 캐롤의 배트가 매섭게 돌아갔다.

곧, 경쾌한 타격음과 함께 라인드라이브 타구가 중견수와 우익수 사이를 가르며 펜스를 향해 빠르게 굴러갔다.

─쳤습니다! 초구를 통타해 우중간을 깨끗이 가르는 타구를 만들어내며 캐롤이 여유 있게 2루에 안착합니다.

5회 초, 다저스의 공격이 시작되자마자 허드슨은 9번 타자인 투수, 커쇼에게 행운의 안타를 얻어맞았고, 뒤이어 1번 타자인 캐롤에게 초구부터 공략을 당하며 2루타를 허용하고 말았다.

하지만 커쇼가 무리하지 않고 3루에서 멈춰 서며 실점을 허용하지는 않았다.

허드슨은 2루 베이스를 밟고 가볍게 세레머니를 하는 캐롤을 바라보고는 로진백을 신경질적으로 내던졌다.

그 모습에 헤스터의 미간이 살짝 찌푸려졌지만 초구부터 얻어맞은 것에 대한 불만의 표출이겠거니 생각할 뿐이었다.

뒤이어 2번 타자인 기븐스가 들어섰고, 헤스터가 빠르게 사인을 보내기 시작했다.

하지만 웬일인지 헤스터는 지금까지와 달리 3번째, 4번째 사인에도 계속 고개를 저었고, 5번이나 고개를 젓고 나서야 원하는 사인이 나왔는지 고개를 끄덕이는 모습을 보였다.

그렇게 하나의 공을 던질 때마다 계속해서 고개를 젓는 허드슨의 모습에 헤스터의 미간이 찌푸려질 즈음.

슈우욱!

부웅!

퍽!

"스트라이크 아웃!"

기븐스가 허드슨의 휘어져 나가는 체인지업에 타이밍을 빼앗기며 배트를 헛돌리고 말았다.

배트에 아무것도 와 닿는 느낌이 없는 것에 삼진을 당한 것을 깨달은 기븐스가 잠시 아쉬운 표정을 지어 보였다.

기븐스를 삼진으로 돌려세운 뒤, 헤스터가 곧장 마운드로 향하는 모습이 보였다.

빠르게 더그아웃으로 돌아오던 기븐스는 그 모습을 힐끔

쳐다보고는 입꼬리를 살짝 말아 올렸다.

'이거, 내분이 생겼나 본데?'

마운드 위에서 무슨 대화가 오고가는지는 알 수 없었다.

하지만 약간의 시간이 지난 뒤, 마운드를 내려오는 헤스터의 표정이 굳어 있는 것으로 볼 때 무언가 호흡이 맞지 않는다는 것 정도는 추측할 수 있었다.

'과연 이게 득이 될지, 실이 될지는 알 수 없지만… 저런 모습은 결국 정신적으로 몰렸다는 의미니까. 알아두는 게 좋겠지.'

기븐스는 곧 로니에게 무어라 말을 하고는 민우에게도 알아두라는 듯 자신이 깨달은 점들을 이야기해 주었다.

"그렇군요. 그게 맞다면… 여기서 제대로 한 방 먹이면 완전히 무너지겠네요?"

민우의 물음에 기븐스가 가볍게 고개를 끄덕였다.

"포수의 리드에 대한 신뢰도가 이미 떨어진 상태에서 자신의 공이 통타당한다면… 아무래도 와르르 무너질 확률이 높지. 디백스는 투수진이 영 아니니까… 이 기회에 제대로 한 방 날리고 와. 2개 남았지?"

기븐스의 물음에 이해가 되지 않는다는 듯, 잠시 고개를 갸웃거린 민우가 '아' 하는 표정을 지어 보였다.

"9월 월간 홈런 기록 말씀이시죠?"

"그래. 뭐 기회야 얼마든지 있겠지만, 지금이야말로 최적기 아니겠냐. 오늘 보니까 배트 중심에 잘 맞는 것 같던데, 크게 한 방 휘두르고 와. 기왕이면 랄프 카이너도 좋지만 새미 소사의 월간 최다 홈런 기록을 목표로 하라고. 연속 경기 홈런 기록에 비하면 할 만할 테니까. 후후.”

기븐스는 그 말과 함께 민우의 머리를 가볍게 쓰다듬어 주고는 더그아웃 뒤쪽에 놓인 음료수 통을 향해 걸어갔다.

‘다른 날은 몰라도… 저도 오늘은 왠지 한 방 날릴 수 있을 것 같네요.’

물 들어올 때 노 저으라는 말이 있듯이, 민우도 이번이 기회라는 것을 깨닫고 있었기에 쉬이 놓칠 생각은 없었다.

잠시 기븐스를 바라보던 민우는 이내 시선을 돌려 3번 이디어를 상대하는 허드슨의 투구에 집중하기 시작했다.

딱!

“파울!”

“파울!”

3번 타자인 이디어는 호락호락하게 당할 생각이 없다는 듯, 허드슨의 공을 연신 커트해 내며 계속에서 투구 수를 늘려가고 있었다.

3볼 2스트라이크, 풀 카운트 상황.

슈욱!

틱!

"파울!"

이를 악물며 던진 또 하나의 공이 다시금 커트를 당하자 허드슨의 미간이 아주 미묘하게 꿈틀거렸다.

그리고 그 모습에 헤스터가 가볍게 한숨을 쉬고는 사인을 보내기 시작했고, 허드슨은 여전히 한 번에 고개를 끄덕이지 않으며 시간을 지체했다.

이윽고 사인 교환을 마친 허드슨이 2루와 3루를 힐끔 쳐다보고는 세트 포지션에서 빠르게 공을 뿌렸다.

슈우욱!

스트라이크존에 걸칠 듯 날아오는 공에 이디어의 배트가 다시금 매섭게 돌아 나오기 시작했다.

하지만 곧 바깥으로 흘러나가는 공의 궤적에 이디어가 급히 팔과 허리에 제동을 걸며 배트를 뒤로 잡아당겼다.

제대로 긁힌 체인지업이었고, 이디어의 배트가 돌아갔다고 생각한 허드슨이 불끈 주먹을 쥐었다.

하지만 뒤이어 들려와야 할 주심의 스트라이크 콜 대신, 미묘한 정적만이 흐르는 것에 허드슨의 얼굴에 황당함이 묻어났다.

포수가 곧장 3루심을 가리키며 판정을 요구했지만, 3루심은 배트가 돌지 않았다는 듯 양팔을 좌우로 벌리며 주심의 판정이 옳음을 알렸다.

"베이스 온 볼스."

또 한 번 다저스의 손을 들어주는 판정이 나오자 관중석에서 다시금 '우우!' 하는 야유가 쏟아져 나왔다.

잠시 주심을 바라보던 허드슨이 곧 로진백을 주워 들며 생각에 잠겼다.

'운이 나빴을 뿐이야. 이디어의 배트를 끌어냈다는 건, 역시 내 구위엔 문제가 없다는 말이지.'

툭.

로진백을 바닥에 가볍게 던진 허드슨이 1루와 2루, 그리고 3루를 각각 점령하고 있는 주자들을 한 번씩 바라보고는 홈으로 시선을 돌렸다.

1사 주자 만루 상황.

안타 한 방이면 대량 실점을 할 수도 있는 상황이었다.

그리고 타석에는 4번 타자인 로니가 들어서고 있었다.

2타수 무안타 1삼진.

오늘 경기에서 로니가 세운 기록이었다.

생각을 마친 허드슨이 사인을 교환하고는 빠르게 공을 뿌리기 시작했다.

슈우욱!

팡!

"스트라이크!"

허드슨은 초구부터 바깥쪽 구석에 96마일짜리 위력적인 포심 패스트볼을 꽂아 넣으며 카운트를 먼저 가져갔다.

이어 2구로 허를 찌르는 백도어 슬라이더를 꽂아 넣으며 순식간에 스트라이크 2개를 잡아내며 노 볼 2스트라이크가 만들어졌다.

공격적인 투구에 이어 가볍게 흘러나가는 유인구를 하나 던지며 간을 본 허드슨이 다시금 구석을 노리며 4구를 꽂아 넣었다.

슈우욱!

따악!

약간은 둔탁한 타격음이 들려왔고, 모두의 시선이 우측으로 높이 솟아오른 타구로 쏠렸다.

하지만 그 타구를 바라보며 고개를 숙인 것은 허드슨이 아니라 로니였다.

뒤로 두어 걸음을 물러서던 디백스의 우익수, 길레스피가 이내 앞으로 천천히 걸음을 옮기며 글러브를 들어 올렸다.

곧 힘을 잃고 떨어져 내리던 타구는 그 글러브에 정확히 꽂히며 2번째 아웃 카운트가 만들어졌다.

3루 주자인 커쇼가 미처 홈으로 태그 업 플레이를 시도할 수 없을 정도로 얕은 타구였다.

1루를 향해 달리며 그 모습을 바라본 로니가 몹시 아쉬운 표정으로 우익수를 바라보다가 천천히 몸을 돌려 더그아웃으로 터덜터덜 걸어갔다.

―아~ 로니 선수가 이번 타석에서도 허드슨의 구위에 밀려 힘없이 돌아서고 마는군요. 만루 기회에서 너무나도 아쉬운 타구가 나왔습니다. 하지만 아직 끝나지 않았습니다. 이어서 타석에는 오늘 경기에서 블레이크와 함께 다저스의 타선을 이끄는 쌍두마차죠. 강민우 선수가 들어서고 있습니다.

―앞선 두 타석에서는 안타와 2루타, 그리고 3루를 훔치는 허를 찌르는 도루까지 기록하며 팀의 득점 2개를 책임졌는데요. 과연 이번 타석에서는 어떤 모습을 보여줄지 궁금하네요.

타석에 들어서는 민우의 얼굴에는 꽤나 여유가 느껴지고 있었다.

'저렇게 대놓고 포수 리드를 거부하는 모습이라면⋯ 기존에 볼 배합이랑 비슷할 확률은 낮다고 봐야겠지.'

노림수를 가져갈 수 있다는 것만으로도 타자에게 훨씬 유리한 상황이었다.

민우가 타석에 천천히 들어서는 모습에 체이스 필드에 사뭇 은은한 긴장감이 들어차기 시작했다.

오늘의 실점은 민우의 출루에서부터 시작되었다고 해도 과언이 아니었다.

그리고 다시 한 번, 2사 만루라는 결정적인 상황에서 민우에게 기회가 돌아왔다.

만약 앞선 타석에서 민우의 앞에 주자가 있었다면 득점뿐 아니라 타점까지 만들어냈을 것이 분명했기에 디백스의 팬들은 민우의 몸에 구멍이라도 낼 것처럼 무섭게 노려보고 있었다.

그리고 한편으론 허드슨이 민우를 무너뜨리고 마지막 아웃 카운트를 완벽히 잡아주길 바라고 있었다.

민우가 배터 박스에 자리를 잡고 준비를 마치자, 헤스터가 곧장 사인을 요구했다.

'초구는 바깥쪽 낮은 코스로, 포심.'

하지만 그 사인에 허드슨이 고개를 젓자, 헤스터는 가볍게 한숨을 쉬고는 다른 사인을 보내기 시작했다.

고개를 몇 번이나 젓고 나서야 허드슨은 고개를 끄덕이며 사인 교환을 마쳤다.

곧, 글러브를 들어 올리는 허드슨의 모습에 민우도 자세를 낮추며 언제든지 배트를 휘두를 수 있도록 만반의 준비를 갖췄다.

슈우욱!

"헉."

허드슨의 손을 떠난 공은 민우의 머리를 맞출 듯 높이 쏘아졌고, 민우는 급히 허리를 뒤로 젖히며 그 공을 피해야 했다.

팡!

"볼!"

맞추려는 의도가 아니었다는 듯, 그 공은 살짝 휘어지며 민우가 피하지 않더라도 맞지 않을 위치에서 포수의 미트에 꽂혀 들어갔다.

스트라이크존을 크게 벗어난 공이었기에 주심의 손은 미동조차 하지 않았다.

하지만 그 공이 위협적이었다는 것은 변함이 없었기에 민우는 놀란 가슴을 쓸어내려야 했다.

'대놓고 이런 공이면… 어떻게든 맞지 않겠다는 거고… 일단 스트라이크존에서 떨어뜨릴 심산인가…….'

겉으론 정말로 놀란 것처럼 크게 숨을 푹 쉬어 보인 민우는 속으로는 빠르게 냉정한 모습으로 돌아와 있었다.

'정석대로라면 바깥쪽 낮은 코스로 넣을 수도 있지만… 하나쯤은 더 지켜볼까.'

정석대로라면 안쪽 다음은 바깥쪽이었다.

하지만 허드슨처럼 공의 무브먼트가 더러운 투수들은 몸쪽 제구만 된다면 타자가 상대하기 정말 까다로운 타자이기도 했다.

하지만 허드슨의 투구 습성을 생각할 때, 과감한 몸 쪽 승부보다는 바깥쪽으로 흘러나가는 공을 뿌릴 확률이 더 높았다.

그런 생각과 함께 민우가 다시금 배터 박스에 자리를 잡았다.

슈우욱!

팡!

2구는 한가운데에서 바깥쪽 낮은 코스로 휘어져 나가는 유인구였고, 다시금 볼로 판정이 됐다.

2개 연속 볼을 던지는 허드슨의 모습에 헤스터가 약간은 우려가 된다는 듯한 시선을 보냈다.

스트라이크 2개를 먼저 잡는 것이 투수에게 압도적으로 유리하다면 볼 2개를 내어주는 것은 최악의 수 중 하나라고 할 수 있었다.

'위험한데. 밀어내기 볼넷도 곤란하지만… 민우를 내보내도 다음은 블레이크라고.'

하지만 허드슨은 그 시선을 외면한 채 로진백을 가볍게 매만질 뿐이었다.

곧, 허드슨의 손에서 다시 한 번 강하게 공이 뿌려졌다.

슈우욱!

팡!

스트라이크존의 바깥쪽 낮은 코스의 모서리를 아슬아슬하게 꿰뚫는 공에 헤스터가 바깥쪽으로 밀려 나가는 미트를 본능적으로 안쪽으로 밀어 넣었다.

하지만 이번에도 주심의 손은 미동조차 하지 않았다.

디백스의 배터리, 두 사람의 얼굴에 당혹감이 묻어나오고 있었다.

'이게 스트라이크가 아니라고?'

주심의 판정에 체이스 필드에는 다시 한 번 거친 야유 소리가 쏟아져 나왔다.

타석에 서 있던 민우는 가볍게 안도의 한숨을 쉬며 장갑을 매만졌다.

'이거… 오늘은 운까지 따라주는구나.'

주심도 사람이었기에 그 존이 순간적으로 흔들리는 경우가 있었다.

그 상황이 하필이면 조금 전의 공에 벌어졌을 뿐이었고, 디백스에게는 그저 타이밍이 나쁜 상황이라고밖에 할 수 없었다.

잠시 들끓던 체이스 필드의 소란은 허드슨이 다음 투구를 준비하는 모습에 천천히 가라앉았다.

허드슨은 포수를 바라보며 빠르게 머리를 굴리고 있었다.

'오늘 경기에선 강민우보단 블레이크가 더 무섭단 말이지. 여기서 피해선 답이 없어. 스트라이크 하나만 잡으면 어떻게든 해볼 수 있을 거야. 녀석도 볼넷으로 나가는 걸 생각하고 휘두르지 않을 확률이 높으니까… 꽂아 넣자.'

헤스터는 허드슨의 사인에 놀라며 두 눈을 크게 떴다.

'미쳤어?'

그 말을 입 밖으로 내뱉고 싶었다.

하지만 허드슨은 재차 자신의 사인을 확인시키고는 강렬한 눈빛을 보내고 있었고, 헤스터는 결국 고개를 저으며 미트를 들어 올렸다.

'후우… 부디 완벽한 공을 던지길 바란다.'

잠시 뒤, 글러브를 들어 올렸던 허드슨이 세트 포지션에서 강하게 공을 뿌렸다.

슈우욱!

허드슨의 손을 떠난 공은 스트라이크존의 아래쪽 라인을 향해 쏘아져 날아왔다.

동시에 민우가 기다렸다는 듯 강하게 스트라이드를 내디뎠고, 뒤이어 그 손에 쥐어져 있던 배트가 매섭게 돌아 나왔다.

따아아악!

홈 플레이트 앞에서 마치 공을 쪼개 버리는 듯한 소리를 만들어낸 배트가 타자의 뒤쪽으로 돌아가 버렸다.

그 소리에 귀가 찢어지는 것이 아닌가 하는 착각에 빠졌던 헤스터는 곧 공의 위치를 확인하고는 다리에 힘이 풀릴 뻔했다.

돔의 천장에 닿지는 않을까 싶을 정도로 높이 떠오른 타구는 외야를 넘어서도 떨어질 생각을 하지 않고 있었다.

─3볼 노 스트라이크. 제4구! 때렸습니다! 오른쪽으로!! 강하게 퍼 올린 타구가 높게! 그리고! 멀리! 멀리~!

제자리에 서 있던 우익수는 슬금슬금 뒤로 물러나다 어느 순간 바닥의 질감이 달라지는 것을 느끼고는 허탈한 표정으로 고개를 들어 타구를 바라봤다.

"이런… 미친……."

우익수의 입에서 아무에게도 들리지 않을 정도의 목소리로 욕설이 흘러나와 흩어져 버렸다.

텅!

낮은 펜스를 훌쩍 넘어가 버린 타구가 관중석 사이로 떨어지며 내뱉는 거친 충격음이 귓가에 들려왔다.

손을 쓸 수조차 없는, 그저 바라볼 수밖에 없는 엄청난 홈런이 만들어졌다.

─관중석까지 날아갑니다!! 그랜드슬램!! 강! 민! 우! 세 번째 타석에서 기어코 자신의 홈런 기록을 또 하나 늘려 버리는 강민우 선수입니다!

─마치 기다렸다는 듯이! 뒤로 당기며 힘을 모아 낮은 공을 그대로 강타해 버렸습니다! 스트라이크존의 낮은 쪽을 찌르는 빠른 공이었는데요. 허드슨의 실투라기보다는 강민우 선수가 노림수를 가지고, 정말 완벽 그 자체의 스윙을 보여주며 만들어낸 홈런이라고 할 수 있겠네요!

─강민우 선수! 시즌 15호 홈런을 허드슨에게 만루 홈런으로 뽑아내며 다저스가 디백스의 기를 완전히 눌러 버립니다! 점수는 순식간에 0 대 7!

―그뿐만 아니라 강민우 선수는 이 홈런으로 랄프 카이너의 9월 월간 홈런 기록에 단 한 개 차로 따라붙습니다. 햐~ 정말 대단합니다.

앞서 누상에 나가있던 세 선수들은 이미 홈 플레이트를 밟고 일렬로 나란히 선 채, 민우의 귀환을 기다리고 있었다.

민우는 기쁨을 표현하듯 펄쩍거리며 2루에서 3루로, 다시 홈으로 방향을 틀었고, 홈 플레이트를 밟으며 하늘을 향해 키스를 날렸다.

"이 미친 자식! 공격이면 공격, 수비면 수비, 도루면 도루. 도대체 못하는 게 뭐야!"

가장 먼저 홈을 밟았던 커쇼가 민우를 향해 거의 칭송의 말을 내뱉으며 강하게 끌어안았다.

팡팡!

"거기서 만루 홈런이라니! 너 이 새끼. 이러려고 일부로 홈런 안 친 거 아냐?"

"와하하하! 진짜 이녀석은 물건이야. 물건!"

뒤이어 캐롤과 이디어가 민우의 어깨와 등을 두어 번 두드리며 장난스럽게 말을 걸며 기쁨을 전해왔다.

타석에 들어서던 6번 블레이크와도 가볍게 하이파이브를 나눈 민우는 더그아웃으로 돌아가 다시 한 번 기쁨의 구타를 받은 뒤에야 벤치에 엉덩이를 붙일 수 있었다.

'완벽했어. 정말 내 생에 최고의 홈런이었어.'

완벽, 최고.

스스로도 이런 수식어가 아깝지 않은 홈런이었다.

마치 누군가 배트를 대신 휘둘러 준 것이 아닌가 싶을 정도로 제대로 힘을 실어냈다.

오히려 타구를 날려 보낸 순간, 천장에 부딪히고 떨어지는 것이 아닌가 하는 생각에 체이스 필드의 규정이 머리를 스쳐 지나갔을 정도였다.

민우의 홈런 한 방으로 전세는 이제 완전히 다저스에게로 넘어왔다.

실질적인 1선발 급 투수인 허드슨이 4.2이닝 7실점으로 와르르 무너져 버리는 모습은 디백스의 팬들의 희망까지 와장창 깨뜨려 버렸다.

디백스의 더그아웃에서 곧장 감독이 튀어나왔고, 허드슨이 고개를 푹 숙인 채 더그아웃으로 돌아가는 모습이 보였다.

털썩.

생각에 잠겨 있는 민우의 곁에 기븐스가 다가와 털썩 주저앉았다.

"짜식. 이거 날리고 오랬다고 진짜 날려 버리네? 그것도 만루 홈런이라니? 크크."

기븐스는 민우를 향해 황당하면서도 기쁨이 섞인 웃음을 보이고 있었다.

민우도 기브스의 웃음에 마주 웃으며 기쁨을 숨기지 않았다.

"하하. 막혀 있던 길이 조금은 보였거든요."

"막혀 있던 길? 네가 막힌 적이 있었어?"

기브스가 황당하다는 듯이 묻는 모습에 민우가 자신의 말에 어폐가 있다는 생각을 하고는 그저 옅게 웃어 보였다.

'저도 이게 도대체 무슨 원리인지는 전혀 모르겠다는 게 문제지만요.'

잠시 그 모습을 바라보던 기브스가 고개를 돌려 바뀐 투수가 올라온 마운드를 바라봤다.

"그러고 보니까 이제 하나 남았네?"

"예? 아~ 9월 월간 홈런 기록 말씀이시죠?"

민우의 물음에 기브스가 다시 고개를 돌려 민우를 바라봤다.

"그것도 그거고, 사이클링 히트(hits for the cycle)! 인마. 알고 있는지 모르겠지만 여기만큼 3루타 때리기 좋은 구장이 없지. 타석도 운이 좋다면… 2번은 더 나올 수 있을 것 같고."

기브스의 말에 민우가 가볍게 고개를 끄덕이며 그라운드를 바라봤다.

메이저리그에 올라온 뒤, 사이클링 히트를 한 끗 차이로 놓친 것이 벌써 두 번이었다.

인생은 삼세판이라는 말처럼, 어쩌면 오늘에야말로 또 하나의 대기록을 달성할지도 모를 일이었다.

'좌우중간 펜스가 깊고 각이 져 있어서 저 방향으로만 보낸다면 가능성은 충분하지. 그리고……'

체이스 필드의 구조를 되새기던 민우는 돌연 기브스를 힐끔 쳐다보고는 속으로 미소를 지었다.

'후후. 왠지 홈런을 때리고 나니까 기브스가 그렇다면 될 것 같단 말이지.'

딱!

민우가 생각에 잠긴 사이, 민우와 함께 맹타를 보였던 블레이크가 유격수 앞 땅볼로 아웃되며 아웃 카운트를 모두 채우고 말았다.

디백스에게 너무나도 힘겹던 이닝이 정말 어렵게 종료되는 순간이었다.

7회 초, 디백스의 마운드를 새로이 이어받은 투수는 우완 스리쿼터, 데멜이었다.

데멜은 시즌 방어율이 5점대에 육박하는 투수로 다저스 타선을 압박하기에는 상당히 부족함이 있었다.

3번 타자인 이디어를 5구 만에 삼진으로 돌려세운 것도 잠시.

따아악!

뒤이은 타자인 4번 로니의 배트가 4번째 타석 만에 불을 뿜으며 깔끔한 2루타를 만들어냈다.

다시금 득점권에 주자를 내보내며 위기를 맞은 디백스의 팬들은 대기 타석을 벗어나 천천히 걸음을 옮기는 선수를 보고는 침을 꿀꺽 삼켰다.

'아… 제발……. 사이클링 히트까지 내어줄 순 없어.'

'데멜… 그동안 실점한 거 다 잊어 줄 테니까… 강민우만 막아주라! 제발!'

타석에 오늘 3루타가 빠진 사이클링 히트를 기록하고 있는 민우가 천천히 들어섰다.

데멜은 민우의 뒤쪽으로 펼쳐진 디백스 팬들의 간절한 눈빛에 어깨가 무거워지는 것을 느끼고 있었다.

마음 같아서는 민우를 가볍게 돌려세우고 싶었지만 직전 타석의 홈런의 임팩트가 너무나도 강력했다.

슈우욱!

팡!

"베이스 온 볼스."

계속해서 스트라이크존의 주변부를 맴도는 데멜의 투구에 민우는 결국 배트를 한 번 휘둘러보지도 못한 채 1루로 걸어나갈 수밖에 없었다.

민우에게 출루를 허용했음에도 디백스의 팬들은 오히려 안도했다는 듯, 가볍게 한숨을 내쉬는 모습을 보였다.

반면, TV와 라디오 등으로 다저스의 경기를 보고, 듣고 있던 다저스의 팬들은 허무하게 한 타석이 지나가는 것에 아쉬움을 표했다.

이런 아이러니한 모습들을 뒤로 한 채, 부담을 떨쳐낸 데멜은 6번 블레이크를 중견수 플라이로, 7번 테리엇을 좌익수 플라이로 돌려세우며 실점 없이 이닝을 마무리 지었다.

8회를 삼자범퇴로 허무하게 돌아선 다저스는 9회 초, 정규 이닝 마지막 공격 기회를 맞이했다.

마운드를 이어받은 우완 보이어가 다저스의 선두 타자로 나선 2번 기븐스를 3구만에 중견수 플라이로 돌려세웠다.

앞으로 두 타자를 더 돌려세우면 민우의 타석이 돌아오지 않을 상황이었다.

디백스의 팬들은 대패에 더해 혹시라도 사이클링 히트라는 기록까지 내어주지는 않을까 하는 마음에 보이어가 나머지 두 타자까지 깔끔하게 처리해 주기를 바랐다.

하지만 잠시 뒤 들려온 타격음은 그들의 희망을 헛되이 만들어 버렸다.

따아악!

크게 배트를 휘두른 3번 이디어가 잠시 타구를 바라보다가 배트를 놓고는 천천히 뜀박질을 시작했다.

낮은 포물선을 그리며 날아가던 타구는 좌측 펜스를 아주 살짝 넘어갔고, 이디어는 그대로 다이아몬드를 돌아 홈 플레이트로 되돌아오며 다저스의 점수에 1을 더했다.

이디어의 홈런으로 민우의 타석이 한 번 더 돌아오는 것이 확실시되자 디백스는 곧장 노장 투수인 햄튼을 마운드에 올렸다.

전성기에 비해 구위는 떨어졌지만 경험이 풍부한 햄튼이라면 민우를 막을 확률이 더 높다는 판단을 한 것 같았다.

햄튼은 그런 믿음에 걸맞게 3구만에 4번 타자인 로니의 배트를 이끌어냈다.

딱!

팡!

"아웃!"

힘없이 바운드된 타구가 데굴데굴 굴러 2루수의 글러브에 안착했고, 여유 있게 공을 확인한 2루수의 송구가 1루로 향하며 순식간에 아웃 카운트가 2개로 늘어났다.

9회 초 2아웃.

스코어는 이미 0 대 8로 다저스에 완벽하게 넘어간 상황이었다.

일부 팬들은 이닝이 시작되기 전, 일찌감치 경기장을 빠져나가며 관전을 포기하는 모습을 보였다.

하지만 그런 이들을 제외하고는 모두의 관심이 햄튼과 민우의 맞대결에 집중되고 있었다.

1루타, 2루타, 그리고 홈런.

운이 나빴다면 돌아오지 않았을 민우의 타석이 절묘하게도 이디어의 홈런 한 방으로 인해 다시 한 번 돌아온 상황이었다.

디백스 팬들은 상황이 요상하게 돌아가는 모습에 혹시나 사이클링 히트까지 만들어내는 것은 아닌가 하는 눈빛으로 그라운드를 예의 주시하고 있었다.

올 시즌, 디백스에게는 불명예스러운 기록이 너무나도 많았다.

이런 팀 성적에 시즌 막판, 사이클링 히트까지 내어준다는 것은 그 팬으로서 너무나도 가슴 아픈 일이었다.

그랬기에 비록 적은 이닝이지만, 매 경기 0의 행진을 이어갔고, 어제 경기에서도 1이닝 동안 노련한 투구를 보여주며 선수 생활의 마지막을 불태우고 있는 햄튼이라면 민우를 막아내지 않을까 하는 시선을 보내고 있었다.

툭툭.

배터 박스에 들어선 민우는 바닥을 가볍게 다지며 자리를 잡고는 고개를 들어 마운드를 바라봤다.

'최악의 먹튀라는 오명이 있었지만… 그래도 젊은 투수들을 제치고 메이저리그에서 살아남았다는 건 다 이유가 있는 거지.'

재활 이후, 햄튼의 패스트볼 최고 구속은 90마일을 채 넘지 못하고 있었다.

패스트볼 구속이 떨어진 투수에겐 결국 칼 같은 제구만이 살길이었다.

하지만 민우는 오히려 크게 부담이 되지 않았다.

커브를 제외한 모든 공의 구속이 80마일대에 머무르고 있었기 때문이다.

100마일의 공도 때려내는 배트 스피드를 가진 민우에게 햄튼의 공은 구석을 찌르지만 않는다면 문제될 것이 없었다.

'패스트볼과 변화구의 간극이 거의 없다는 건… 공을 더 오래 볼 수 있다는 거고.'

슈우욱!

팡!

"볼!"

초구는 스트라이크존의 바깥에서 안쪽으로 살짝 휘어져 들어오는 투심 패스트볼이었다.

충분히 유혹적인 공이었지만 민우는 움찔 하지조차 않았다.

이어 2구는 스트라이크존의 아래로 푹 꺼지는 공이었지만 역시 민우의 몸은 미동조차 하지 않았다.

타자가 유인구에 반응이 없다는 건, 투수가 스트라이크존에 더 집어넣어야 한다는 뜻이기도 했다.

햄튼과 포수가 눈빛을 마주하고는 곧 고개를 끄덕였다.

곧, 글러브를 머리 위로 천천히 들어 올린 햄튼이 키킹과 함께 스트라이드를 내디디며 팔을 휘둘렀다.

슈우욱!

햄튼의 손을 떠난 공이 민우에게서 가장 멀고 낮은, 스트라이크존의 구석을 찌를 듯 쏘아졌다.

궤적의 판단과 함께, 앞다리를 톡톡거린 민우가 스트라이드를 내디디며 매섭게 허리를 회전시켰다.

그리고 허리를 따라 매섭게 돌아 나온 배트가 공을 맞이하는 순간.

따아악!

그라운드에 경쾌한 타격음이 울려 퍼졌다.

하지만 그 타격음과 달리 타구의 궤적은 상당히 낮은 포물선을 그리고 있었고, 홈런이 아니라는 것은 확실히 알 수 있었다.

─3구째! 받아쳤습니다! 좌중간으로 쏘아진 타구! 원 바운드로 펜스에 부딪힌 타구를 중견수가 한 번에 잡지 못하고 더듬거립니다.

그리고 모두가 좌중간을 꿰뚫을 듯 쏘아진 타구를 바라볼 때, 민우는 엄청난 스퍼트를 보이며 내달리고 있었다.

'대도!'

지이잉!

아낄 것이 없다는 듯, 곧장 대도 스킬을 발동시키자 더 빨라질 수 없을 것만 같던 민우의 움직임이 눈에 띄게 빨라졌다.

쌔에에엑!

귓가를 찢어발길 듯한 바람 소리가 민우가 얼마나 빠르게 베이스를 돌고 있는지를 알려주고 있었다.

—좌익수가 공을 바로 줍지 못하고 두어 번 더듬습니다! 그 사이 강민우는 2루를 지나 3루까지!!

순식간에 2루를 지나 3루로 몸을 돌린 민우의 시야에 양팔을 좌우로 벌린 채, 거의 엎드리다시피 자세를 낮춘 3루 코치의 모습이 보였다.

그 모습에 민우는 한 치의 고민 없이 몸을 앞으로 내던졌다.

촤아아악!

민우의 손이 베이스에 닿았음에도, 뒤이어 느껴져야 할 3루수의 글러브가 와 닿지 않는 것에 민우가 천천히 고개를 들었다.

3루심은 아주 가볍게 팔을 벌려 보이며 당연히 세이프라는 것을 알려왔다.

―타자 주자 3루에서!! 세이프입니다!! 엄청난 스피드로 3루를 점령하는 강민우 선수!!

―아~ 이미 2루타가 확실시되는 장타성 코스였는데요. 디백스의 외야수들이 3루타를 생각하고 있었나요? 마음이 너무 급한 나머지 두 번, 세 번에 걸쳐서 버벅거리고 말았고, 오히려 그 틈이 강민우 선수에게 3루타를 내어주는 결과를 만들고 말았습니다. 이 3루타로 강민우 선수는 기어코 사이클링 히트를 달성합니다!

―놀라운 사실은 강민우 선수의 사이클링 히트가 올 시즌 5번째로 세워진 기록임과 동시에, 아시아인으로는 최초의 기록이라는 것입니다. 그리고 신인으로서는 1999년 크리스 싱글턴 이후, 무려 11년 만에 달성한 대기록입니다. 시즌 말미, 혜성처럼 나타나서 계속해서 묵은 기록들을 하나하나 갈아치우고 있는 강민우 선수에게 기록의 사나이라는 이름이 전혀 아깝지 않을 정도입니다.

기어코 3루타를 만들어내며 사이클링 히트를 달성하는 민우의 모습에 체이스 필드에 끝까지 남아 있던 디백스의 팬들이 허탈한 표정으로 하나둘 자리에서 일어나 경기장을 빠져나가기 시작했다.

그와 대조적으로 더그아웃에 있던 다저스의 선수들은 연신 환호성을 내지르며 민우의 대기록 달성을 축하하고 있었다.

민우의 사이클링 히트 공을 들고 있던 기븐스는 민우가 자신을 바라보자 손에 들고 있던 공을 관중석으로 던지는 시늉을 하며 주변 선수들과 킬킬거리고 있었다.

민우는 그 모습에 과장되게 깜짝 놀라는 표정을 지어 보이며 화답해 준 뒤, 피식 웃고는 조금 전의 상황을 되새겼다.

'커터였어. 덕분에 홈런이 아닌 3루타가 나올 수 있었다. 기록은 운이 따라줘야 한다더니, 이렇게 보면 틀린 말이 아니네.'

어쩌면 7회의 타석이 마지막이 될 수도 있었던 상황에서 이디어의 홈런이 터져 나오며 9회, 다시 한 번 기회를 잡았다.

그리고 햄튼의 공을 때리는 순간, 배트의 중심에서 살짝 어긋나면서 타구가 낮게, 그리고 측면으로 쏘아졌다.

여기에 외야수들의 버벅거림까지 더해지며, 마치 하늘이 내린 3루타가 만들어진 것이었다.

민우의 3루타 이후, 후속 타자인 블레이크를 중견수 플라이로 돌려세우며 이닝을 종료했지만, 이미 디백스의 자존심과 사기는 완전히 바닥에 떨어지고 말았다.

그렇게 경기는 민우의 만루 홈런, 사이클링 히트 등의 볼거리를 제공하며 다저스의 완승으로 끝이 나며 시리즈 전적 1승 1패를 보였고, 위닝 시리즈의 향방은 3차전으로 넘어갔다.

경기가 완벽한 승리로 끝난 뒤, 민우는 곧장 타격 코치인 매팅리에게로 향했다.

매팅리는 감독과 코치들과 함께 오늘 경기에 대해 덕담을 나누고 있었다.

민우는 몇 걸음 떨어진 곳에서 그들의 대화가 끝나길 기다렸고, 곧 미소를 지은 채 돌아서는 매팅리의 모습에 곧장 그에게 다가갔다.

"코치님."

민우의 부름에 더그아웃을 빠져나가려던 매팅리가 몸을 돌려세웠다.

매팅리는 민우의 얼굴에 떠오른 의문스러운 표정을 보고는 가볍게 미소를 지어 보였다.

"무슨 일이지?"

"코치님이 가르쳐 주신 대로 한 발을 물러섰더니… 완전히 달라졌습니다. 첫 타석에서 변화를 깨달았고, 두 번째 타석에서 감을 잡았고… 세 번째 타석에서는 저 스스로도 완벽하다고 느낄 정도로 엄청난 홈런을 날렸습니다. 마지막 타석에선 3루타까지 때렸죠. 그저 한 발을 물러섰을 뿐인데… 제가 사이클링 히트를 만들었습니다. 그래서 너무 궁금합니다. 도대체 어떻게 한 발을 물러서면 된다는 걸 아셨습니까?"

민우의 목소리에는 보물 상자를 열기 직전의 아이의 궁금함과 기대감 같은 것이 복잡하게 섞여 있었다.

그 모습은 매팅리가 여태껏 보았던 민우의 모습 중 가장 열정적인 모습이었다.

매팅리는 잠시 눈에 이채를 띠더니 돌연 피식 웃고 말았다.

"나도 모른다."

"예?"

매팅리의 입에서 나온 대답에 민우의 표정이 순간 당황스러움으로 물들어갔다.

그러자 매팅리가 다시 한 번 가볍게 웃어 보이더니 곧 진지한 표정을 지어 보였다.

"다만… 한 발의 움직임. 네가 평소의 자리에서 한 발을 벗어남으로써 무의식중에 너를 얽매고 있던 무언가를 풀어낸 것이라고 생각한다."

'얽매고 있던 무언가?'

매팅리의 설명이 이어지자 민우는 잠시 이전 경기까지 보였던 스스로의 모습을 하나하나 떠올렸다.

'히메네즈에게 타이밍을 완전히 빼앗겼던 이후, 나도 모르게 매 타석에서 또 그런 경우를 겪지 않을까라는 생각을 했었지. 팀 타선에 도움이 되어야 한다는 압박감은 더욱 심해졌고. 이런 점을 말씀하시는 건가?'

자신의 말에 민우가 무언가 생각에 잠긴 모습에 매팅리는 잠시 시간을 두고 민우를 기다려 주었다.

곧 민우가 고개를 들어 무언가를 갈구하는 눈빛을 보냈다.

그 모습에 매팅리는 다시금 천천히 입을 열었다.

"내가 한 발을 뒤로 물러나 보라고 했을 때, 이해가 되지 않았겠지. 그래서 지금 나에게 물어보러 온 것이고."

민우는 매팅리의 말에 가볍게 고개를 끄덕였다.

"예."

"사실 내가 너에게 뒤로 물러나서 타석에 들어서 보라고 했을 때, 너의 정신은 다른 것을 다 제쳐두고 내 말에 쏠렸을 것이다. 과연 이게 될까라는 생각이 들면서도, 한편으론 지푸라기라도 잡는 심정이었을 테니 내 말을 따랐겠지."

민우는 그 말에 어색하게 웃으면서도 동의한다는 듯 고개를 끄덕거렸다.

'내가 모르는 무언가를 알고 있으리라고 생각했으니까. 그저 한 발을 옮기는 것도, 매팅리 코치님의 지시니까 따랐던 거지.'

매팅리는 민우의 웃음에 마주 웃어 보였다.

"스스로에게 문제가 없다고 생각하더라도 잘 풀리지 않을 땐 가볍게 변화를 줘봐라. 지금처럼 타석에서 한 발을 물러났던 것처럼 어렵다고 생각했던 것이 때론 사소한 것에서 해답이 나오기도 하는 법이니까 말이다. 이래서 야구가 어렵고, 이래서 야구가 재미있는 거고… 이게 바로 야구란 스포츠인 것이다."

툭툭.

매팅리는 민우의 어깨를 가볍게 두드려 주고는 '그럼, 내일

보지'라는 말과 함께 더그아웃을 빠져나갔다.

매팅리의 이야기에 민우는 새삼스레 하나의 사실을 깨달았다.

야구는 멘탈 스포츠다.

그저 발 하나를 옮기는 것으로 큰 변화가 온 것처럼 말이다.

'잘 풀리지 않을 땐 무언가 변화를 준다. 잊어버리지 말아야겠어.'

궁금증이 모두 해결되었다는 듯, 홀로 서있던 민우가 입꼬리를 크게 말아 올리며 미소를 보였다.

"민우, 뭐해? 그러고 있으면 두고 간다."

"아, 예! 갑니다!"

기븐스의 부름에 민우가 몸을 돌려 빠르게 그의 곁으로 다가갔다.

"무슨 생각을 그렇게 해?"

"음. 역시 저는 야구가 좋은 것 같아요."

미소를 지은 채 엉뚱한 대답을 하는 민우의 모습에 기븐스가 황당한 표정을 지어 보였다.

"뭐래? 사이클링 히트를 만들어내더니, 너무 기뻐서 정신 줄이라도 놓은 거야?"

"네, 너무 좋아서 미칠 것 같아요. 오늘 제가 쏠 테니까 같이 저녁 드실래요?"

민우가 저녁을 쏜다는 말에 기븐스의 표정이 미묘하게 변해 갔다.

"대기록도 세웠겠다. 랍스타 정도는 먹어줘야겠는데? 괜찮 겠어?"

"물론이죠. 가시죠."

흔쾌히 대답하는 민우의 모습에 기븐스가 민우의 어깨에 팔을 감으며 기쁨을 표했고, 곧 선수들을 따라 더그아웃을 빠 져나갔다.

*　　　*　　　*

민우가 사이클링 히트를 달성한 그 시각, 지구 반대편에 위 치한 한국에서는 메이저리그 소식을 전하는 기사가 쉴 새 없 이 쏟아지고 있었다.

그리고 그 많은 기사는 모두 한 선수의 활약상에 편중되어 있었고, 가장 먼저, 그리고 정확한 정보가 기재된 기사가 메인 화면에 걸리며 대중의 관심을 독차지하기 시작했다.

털썩.

"휴우~"

이아름 기자는 새벽부터 민우의 경기를 예의 주시하며 기 사의 내용을 충실하게 채워 넣었고 자신의 기사가 대형 포털 사이트의 스포츠 뉴스 란의 메인에 떠워진 것을 확인하고 나서야 의자의 등받이에 몸을 파묻으며 휴식을 취할 수 있었다.

잠시 눈을 감고 있던 아름의 입가가 조금씩 말려 올라갔다.

그러고는 아직도 믿기지가 않는다는 듯 몸을 일으키고는 자신이 쓴 기사를 두 번, 세 번 읽으며 그 아래 달린 댓글까지 확인하기 시작했다.

〈크레이지 모드! '코리안 몬스터' 강민우, 아시아 선수 최초 메이저리그에서 사이클링 히트 달성하며 기록 제조기의 명성 이어가! 다저스는 SF와 공동 2위.〉

사이클링 히트는 타자가 달성할 수 있는 가장 위대한 기록이며, 한 시즌에 단 한 타자도 달성하지 못한 적이 있을 정도로 대단한 기록이다.

실력에 더해 운이 따라줘야 하는 기록이기에, 하늘이 도와야 달성할 수 있다는 말이 있을 정도이다.

그런데 11경기 연속 홈런 기록을 달성한 이후 주춤하는 모습을 보이던 강민우가 바로 그 대기록을 만들어냈다.

강민우는 첫 타석부터 깨끗한 안타를 만들어내더니 두 번째 타석에서는 2루타를 뽑아내며 예열을 마쳤다.

그리고 세 번째 타석에서 홈런을 때려내며 시즌 15호 홈런을 달성함과 동시에 일찌감치 사이클링 히트를 예상케 했다.

하지만 4번째 타석에서 식을 줄 모르는 강민우의 뜨거운 배트가 무서웠을까. 상대 투수가 볼넷으로 강민우를 내보내면서 사이클링 히트라는 꿈의 기록이 무산되는가 싶었다.

그런데 9회 초, 이디어의 극적인 홈런이 터져 나오며 강민우에게 사이클링 히트에 도전할 수 있는 마지막 기회가 주어졌다.

그리고 강민우는 마치 기다렸다는 듯, 노장 햄튼의 공을 통타해 3루타를 터뜨리며 기어코 메이저리그 데뷔 첫 사이클링 히트를 달성했다.

오늘의 사이클링 히트로 강민우는 100여 년이 넘는 LA다저스 팀 역사에 6번째 사이클링 히트를 달성한 선수로 이름을 올리게 되었다.

뿐만 아니라 강민우는 3루 도루에 수비에서도 호수비를 선보이며 공수주를 가리지 않고…(중략)…고무적인 사실 두 가지가 더 있다.

하나는 강민우가 내셔널리그 9월 월간 홈런 기록인 랄프 카이너의 16홈런 기록에 단 하나만을 남겨두었다는 사실이다.

다른 하나는 9월, 메이저리그 합류 이후 리그 파괴자 급의 활약으로 다저스의 고공비행을 이끈 강민우로 인해 다저스는 기어코 지구 공동 2위라는 자리를 차지했다는 것이다.

앞으로 다저스의 남은 경기는 7경기.

이날 최종 성적 5타석 4타수 4안타(1홈런) 4타점 3득점으로 자신의 존재감을 만천하에 알린 강민우가 남은 경기에서 다저스를 지구 우승으로 이끌고, 개인적으로는 또 하나의 기록을 달성할 수 있을지 그 귀추가 주목되는 바이다.

　　　　―대한민국 No.1 스포츠 뉴스, MonsterSportsNews.
　　　　　　　　　　　　　　　이아름 기자

기사가 올라온 시각, 한국은 이제 막 동이 틀 무렵이었다.

사람들이 활동하기에는 아직 이른 시간이었음에도 뜬 눈으로 밤을 새며 중계방송을 보는 이들이 한둘이 아니었다는 듯, 댓글은 기하급수적으로 빠르게 늘어나고 있었다.

　―소오오름!! 설마설마했는데! 사이클링 히트라니! 그것도 아시아 선수 최초야! 진짜 괴물이네, 괴물!

　―추진수도, 이치로도 못 한 건데 갑툭튀한 강민우가 그냥 만들어 버리네.

　―메이저리그 11경기 연속 홈런 신기록에 내셔널리그 월간 최다 홈런 기록도 모자라서 사이클링 히트까지 때리다니… 메이저리그 150년 역사에 이런 선수가 있긴 했음?

　―다저스는 속 좀 쓰릴 듯. 1년만 참았으면 켐프한테 고액 연봉 쥐어줄 필요도 없었을 텐데.

　―진심 마지막에 3루타 만들어내는 거 보고 제대로 소름 돋았음. 간만에 메이저리그 경기 볼 맛 난다ㅋㅋㅓ

　―3루타가 진짜 어려운 건데, 그걸 마지막에 쳐냈다는 게

더 대단한 듯.

　―더도 말고 덜도 말고 딱 이대로만 가자. 이대로만.

　―강민우는 메이저리그 몸값 대비 효율로 따지면 역대급 최강자다. 다저스가 양심이 있으면 알아서 연봉 챙겨주겠지.

　―빵빵! 월드시리즈행 강민우 버스 출발합니다~

　―ㅋㅋㅋㅋ이거 진짜 이대로 월드시리즈 우승까지 갈 기세인데?

　―우린 정규리그 우승했는데… 왜 눈물이 나는 거지? ―현직 LC팬.

　―오승근이 부릅니다. 있을 때 잘해~

끼이익.

모니터를 바라보던 아름은 눈이 아픈 듯, 몸을 뒤로 누이면서도 입가에 미소를 지우지 않았다.

'내가 태어나서 가장 잘한 건… 강민우라는 보물을 찾아낸 거야.'

바로 엊그제까지만 하더라도 LC의 2군 신고 선수에 불과했던 선수가 어느샌가 무섭게 성장해 메이저리그를 호령하며 슈퍼스타의 면모를 보이고 있었다.

마치 당연하다는 듯 메이저리그의 묵은 기록을 하나하나 깨뜨려 나가는 그 모습에 과연 다음에는 어떤 모습을 보여줄지 심장이 두근거렸다.

아름은 만약 다저스가 월드시리즈에 진출한다면 자비를 써서라도 직관을 가리라 다짐하고는, 눈을 붙이기 위해 자리에서 일어나 비틀거리며 휴게실을 찾아갔다.

제4장

겹경사

다저스의 디백스 원정 3차전.

따아악!

호쾌하게 돌아간 배트, 그리고 체이스 필드를 무너뜨릴 듯 울려 퍼지는 경쾌한 타격음은 디백스 팬들의 억장을 무너지게 만들었다.

─쳤습니다!! 떨어지는 공을 그대로 퍼 올렸고, 타구는 우측으로 뻗어갑니다! 펜스! 펜스!! 그대로~ 넘어~ 갑니다! 강민우의 시즌 16호 솔로 홈런! 강민우가 다저스를 우승으로 이끌어갈 또 하나의 홈런포를 쏘아 올립니다!

이윽고 배트를 내려놓은 채, 천천히 다이아몬드를 도는 민우의 뒷모습을 디백스의 팬들은 악마라도 보는 것처럼 겁에 질린 눈빛으로 바라보고 있었다.

*　　　*　　　*

〈다저스 1패 뒤 2연승으로 디백스에 위닝 시리즈 거둬.〉

〈강민우 1홈런. 랄프 카이너의 내셔널리그 9월 월간 홈런 기록과 타이 이뤄. 남은 경기에서 기록 경신은 거의 확실시.〉

〈한 경기를 덜 치른 1위 파드리스와의 승차는 단 0.5게임차. 다저스와 SF, 파드리스와 나란히 85승 고지 점령해.〉

다저스는 3차전에서도 디백스를 완전히 무너뜨리며 2차전 대승의 기세를 이어나갔다.

민우는 전날에 이어 이틀 연속 홈런포를 쏘아 올리며 기어코 16홈런 고지에 오르며 랄프 카이너의 대기록과 동률을 이뤘다.

가볍게 1승을 추가하며 위닝 시리즈를 달성한 다저스는 다음 원정 일정인 로키스를 상대하기 위해 콜로라도로 향하는 전용기에 몸을 실었다.

　로키스의 홈구장인 쿠어스 필드는 콜로라도 주의 덴버 시에 위치해 있었다.

　콜로라도 주, 덴버 공항에 도착한 다저스 선수들은 곧장 쿠어스 필드와 얼마 떨어지지 않은 호텔에 자리를 잡고 연이은 원정길의 피로를 풀었다.

　그리고 다음 날.

　여느 때처럼 경기 시작 몇 시간 전, 선수들이 하나둘 호텔 로비에 모였고, 곧 버스에 몸을 실었다.

　그렇게 선수단을 태운 버스가 달리길 얼마나 지났을까.

　고풍스러운 느낌의 붉은 벽돌이 겹겹이 쌓여진 외관을 보이는 경기장, 쿠어스 필드가 그 모습을 드러냈다.

　1995년에 지어진, 비교적 젊은 구장에 속하면서도 마치 100년 전의 느낌을 뽐내는 고풍스러운 외관을 보이는 모습에 민우가 살짝 감탄한 눈빛을 보냈다.

　그렇게 창밖으로 보이는 쿠어스 필드를 살피던 민우가 돌연 고개를 갸웃거렸다.

　'그러고 보니 쿠어스 필드는 해발 1,600미터에 있다고 했는데… 내가 잘못 알고 있던 건가?'

　한국에서 해발 1,600미터를 넘는 곳을 떠올리라면 설악산 같은 산을 떠올리게 마련이었다.

하지만 버스 밖으로 보이는 풍경을 이리저리 둘러보아도 산으로 보일 만한 것은 존재하지 않고 있었다.

끼이익.

곧, 선수단을 실은 버스가 멈춰 서며 선수들이 하나둘 자리에서 일어나 쿠어스 필드의 원정 팀 라커 룸으로 향하는 통로로 천천히 들어서기 시작했다.

거의 마지막에 버스에서 내린 민우는 천천히 걸음을 떼면서도 고개를 돌려 주변 풍경을 이리저리 살피고 있었다.

앞서 걷던 기븐스가 뒤를 힐긋 바라보다 그 모습을 발견하고는 피식 웃으며 걸음을 멈췄다.

곧 입구에 도달한 민우는 기븐스가 자신을 바라보며 웃고 있는 것을 발견하고는 무슨 일이라도 있냐는 듯한 눈빛을 보냈다.

"뭘 그렇게 두리번거려? 뭐 궁금한 거라도 있어?"

기븐스의 물음에 민우가 잘됐다는 듯 고개를 끄덕였다.

"아, 여기가 산 위가 맞나 해서요. 해발 1,600미터라고 해서 어디 산 위일 줄 알았는데… 여긴 그냥 평지 아니에요?"

순수한 의문이 담긴 민우의 물음에 기븐스가 다시금 피식 웃어 보이고는 다 이해한다는 듯 가볍게 고개를 끄덕였다.

"후후. 역시 그거였구나. 사실 나도 옛날에 여기 처음 왔을 때 너랑 똑같은 반응을 보였었거든. 그런데 덴버 시의 별명이 뭔지 아냐?"

기븐스의 물음에 민우는 도시에 붙은 별명까지는 모른다는 듯 가볍게 고개를 저었다.

"아뇨. 따로 별명이 있어요?"

"마일 하이 시티. 그게 덴버 시의 또 다른 이름이지."

"아······."

기븐스가 말해준 덴버 시의 별명을 듣고 나자 민우도 덴버 시에 왜 그런 별명이 붙었는지 이해할 수 있었다.

해수면에서 1마일(약 1,610미터) 위에 존재하는 도시. 그게 바로 덴버 시였다.

쿠어스 필드만이 아니라 도시 전체가 해수면에서 1마일 위에 있는 것이라고 생각하면 되는 것이었다.

쿠어스 필드는 해발 1,610미터의 고지대에 위치한 구장으로, 메이저리그에서 대표적으로 투수에게 불리한 구장으로 야구팬들에게 익히 알려져 있었다.

높은 해발 고도로 인해 기압이 낮고, 습도가 낮은 것이 특징인데, 이로 인해 투수의 변화구는 밋밋해지고 타자의 타구는 다른 구장에 비해 훨씬 더 멀리 뻗어나간다.

쿠어스 필드를 해발 0미터에 위치한 구장과 비교한다면 타구가 거의 약 10미터 정도 더 뻗어나간다고 생각하면 간단하다.

이뿐만 아니라 깊은 좌우중간 펜스를 가지고 있어 외야수 사이를 꿰뚫는 안타는 곧 장타로 연결되기 십상이었다.

어느 것 하나도 투수에게 도움이 되지 않는 구장의 지리적, 구조적 특성 때문에 쿠어스 필드가 '투수들의 무덤'이라는 별명으로 불리고 있는 것이기도 했다.

"뭐 도시가 마일 시티든 아니든 간에 우리가 뛸 곳이 해발 1,610미터에 위치한 쿠어스 필드라는 건 변함이 없지만 말이지. 아무튼, 이제 궁금한 건 해결됐지?"

"예. 이거 참, 기븐스가 없었으면 어쩔 뻔했나 몰라요."

민우가 살짝 아부가 섞인 말을 건네자 기븐스가 기분 좋게 웃어 보이며 민우의 머리를 쓰다듬었다.

"됐다, 인마. 뭐 나만 아는 것도 아닌데. 궁금한 게 있으면 나 말고도 아무한테나 가서 물어봐. 늦겠다. 얼른 환복하고 나가자."

"옙."

       ＊   ＊   ＊

경기 시작 전.

콜로라도 로키스의 마스코트인 공룡 '딩거(DINGER)'가 내야와 외야 관중석을 오가며 연신 흥을 돋우고 있었다.

그 모습을 미소를 지은 채 바라보던 보랏빛 티셔츠를 입은 육중한 몸집의 청년이 서서히 멀어져 가는 딩거의 모습을 바라보다 돌연 한숨을 푹 내쉬었다.

"휴우. 우리가 어쩌다 이렇게 된 거지? 분명 얼마 전까지만 해도 지구 우승은 따놓은 줄 알았는데⋯⋯."

"어쩌겠어. 우리 선발진이 설마 꼴찌인 디백스한테 이렇게 줄줄이 무너져 버릴 줄 아무도 몰랐을 테니까. 홈으로 돌아와서는 자이언츠한테 루징 시리즈를 당했고."

로키스의 모자를 쓴 깡마른 청년의 말에 처음 아쉬움을 표했던 육중한 청년이 다시금 땅이 꺼질 듯이 한숨을 쉬었다.

"그것도 그렇지. 휴우~ 다른 투수는 몰라도 히메네즈까지 겨우 디백스한테 그렇게 탈탈 털릴 거라고는 아무도 예상하지 못했겠지."

"후우⋯⋯. 한 시즌에 그런 날도 있는 거라고 생각하고 싶지만⋯ 부디 오늘은 그 전처럼 압도적인 모습을 보여줬으면 좋겠는데."

로키스가 가장 믿는 투수, 히메네즈는 디백스와의 2차전에서 4이닝 5실점 4볼넷 2피홈런이라는 믿기지 않는 기록으로 완전히 무너졌고, 그 모습에 로키스의 팬들은 경악을 금치 못했다.

바로 직전 경기인 다저스와의 경기에서 무시무시한 투구를 보이며 민우의 연속 경기 홈런 기록을 마감시킨 장본인이었기에 더욱 충격적인 결과였다.

로키스는 최근 치러진 6경기에서 1승 5패를 기록하며 하향 곡선을 그리고 있었다.

한때, 쾌조의 연승행진을 이어가며 서부 지구 1위까지 오르내리던 로키스의 현재 순위는 무려 4위까지 주저앉은 상태였다.

한 경기를 덜 치른 파드리스가 85승 70패로 지구 1위를, 다저스와 자이언츠가 85승 71패로 나란히 지구 공동 2위를 차지한 상황에서 로키스의 82승 73패라는 성적은 다시금 뒤집는 다는 것은 너무나도 힘들어 보였다.

하지만 경기가 치러지는 쿠어스 필드의 5만 여 관중석을 가득 메운 로키스의 팬들은 연신 오늘을 시작으로 다시금 반전의 계기를 마련하기를 간절히 바라고 있었다.

국가 제창이 끝나고 마운드에 오른 히메네즈를 바라보던 두 청년은 그래도 믿을 건 히메네즈뿐이라는 듯 다시금 믿음 직스러운 시선을 보내고 있었다.

"히메네즈는 로키스 역대 투수 중에 가장 많은 시즌 승수를 쌓은 투수잖아. 절대로 쉽게 무너지지는 않을 거야. 우리가 아니면 누가 믿겠어."

"맞아. 히메네즈라면 해낼 거야. 홈에서 9승 1패잖아. 승률 90%! 지기도 힘들지!"

두 청년의 믿음에 보답하려는 듯, 마운드 위에서 연습 투구를 뿌리는 히메네즈의 구위는 꽤나 매서워 보였다.

히메네즈가 연습 투구를 마치고 잠시 뒤, 두 팀의 운명을 가를 3연전의 첫 번째 경기가 시작되었다.

슈우욱!

팡!

"아웃!"

"아웃!"

"스트라이크 아웃!"

1회 초, 다저스의 테이블 세터를 가볍게 연속 범타로 돌려세운 히메네즈는 다저스에서 팀 내 홈런과 타율 2위를 차지하고 있는 이디어에게 뚝 떨어지는 슬라이더로 헛스윙 삼진을 뽑아내며 이닝을 가볍게 마무리 지었다.

히메네즈의 구위는 이전, 다저스와의 경기와도 별 차이가 느껴지지 않는 모습이었다.

수비 위치로 향하기 위해 글러브를 챙기던 민우는 더그아웃으로 돌아가는 히메네즈를 바라보며 잠시 생각에 잠겼다.

'지난 경기에서 4이닝 5실점으로 완전히 무너졌다더니… 구위는 우리와 상대했을 때와 별 차이가 없어. 아무래도 그날 컨디션이 좋지 않았던 건가?'

민우의 뇌리에 잠시 히메네즈의 갑작스러운 구속 조절에 완전히 당했던 기억이 떠올랐다.

'그 때는 그렇게 당했지만… 두 번 당할 순 없지. 오늘은 기필코 홈런을 때려주마.'

가볍게 모자를 눌러쓴 민우가 곧 수비 위치로 빠르게 달려

나갔다.

1회 말, 다저스의 선발투수로 나선 이는 좌완 투수인 릴리였다.

릴리는 오늘 컨디션이 그리 좋지 않은 듯, 초반부터 난타를 당하기 시작했다.

따악!

따악!

로키스의 테이블 세터로 나선 1번 에릭 영 주니어와 2번 파울러에게 연속 안타를 허용하며 순식간에 1, 2루를 내어주면서 실점 위기를 맞이했다.

그리고 타석에는 로키스의 원투펀치 중 한 명인 3번 C. 곤잘레스가 배트를 가볍게 좌우로 돌리며 들어서고 있었다.

'곤잘레스. 이 상황에선 막아낼 수밖에 없겠지.'

민우는 곧장 곤잘레스의 장타력에 더해 구장의 특징들을 떠올리고는 평소의 수비 위치에서 펜스 방향으로 자리를 조금 옮겨갔다.

그리고 지난 경기에서 곤잘레스의 홈런을 훔친 민우의 수비를 기억하고 있던 로키스의 팬들은 그 조그마한 움직임으로 마치 센터 필드에 빈 공간이 사라진 것 같은 착각에 빠졌다.

"뭐지? 몇 걸음 뒤로 물러섰을 뿐인데, 뭔가 달라진 것 같지 않아?"

"뭔가 센터 필드로 날아오는 공은 얼마든지 잡을 수 있다는 자신감이 느껴져."

"흥. 쿠어스 필드의 외야 넓이를 너무 만만하게 보고 있잖아. 저러다가 공 한 번 흘려봐야 정신을 차리지."

"아, 시작한다."

슈우욱!

팡!

"스트라이크!"

릴리의 초구는 스트라이크존의 아래쪽에 걸치는 73마일의 느린 커브였다.

릴리의 공이 포수 미트에 꽂히는 순간, 곤잘레스가 약간 아쉬운 표정을 지어 보였다.

아무래도 릴리의 커브가 생각보다 밋밋하게 꺾이면서 스트라이크존에 꽂힌 것을 놓친 것이 아쉬운 듯 보였다.

이어 2구는 90마일짜리 포심 패스트볼이 바깥쪽 낮은 코스에서 살짝 벗어나며 볼이 되었다.

이번에도 배트를 내밀지 않은 곤잘레스는 한 발을 물러선 채 장갑을 매만지며 잠시 흐름을 끊었다.

'평소보다 속구 구속이 1~2마일 정도 떨어지는데, 몸이 덜 풀린 건가? 때려도 몇 미터는 덜 뻗어갈지도 모르겠어.'

디백스와 자이언츠와의 경기에서 13경기 연속 안타를 기록하며 쾌조의 타격감을 유지하고 있는 곤잘레스였지만 홈런은 단 한 개만을 뽑아내며 장타력이 급격히 줄어든 모습을 보이고 있었다.

그렇기에 그 스스로도 홈런을 날리면서 반전의 계기를 마련하고자 하는 욕구를 가지고 있었다.

'저 녀석에게 지고 싶지도 않고 말이지.'

타석으로 천천히 들어서는 곤잘레스의 시선은 릴리를 넘어 센터 필드에 자리를 잡고 있는 민우에게로 향했다.

곧, 곤잘레스가 무릎을 살짝 굽히고는 자리를 잡았고, 바라하스의 사인을 받은 릴리가 1루와 2루 주자를 힐끔 쳐다보고는 세트 포지션에서 빠르게 공을 뿌렸다.

슈우욱!

릴리의 손을 떠난 공이 아주 살짝 떠오르며 곤잘레스를 맞출 듯 날아가더니 곧 조금씩 궤적을 바꾸며 스트라이크존을 향해 날아갔다.

스트라이크존의 바깥쪽 낮은 코스를 제대로 찌르고 들어가는 순간.

따아악!

매섭게 돌아 나온 곤잘레스의 배트가 릴리의 공을 그대로 퍼 올리며 좌중간으로 날려 보냈다.

큼지막한 포물선을 그리며 날아가는 자신의 타구를 바라보며 잠시 서 있던 곤잘레스가 이내 배트를 옆으로 던지고는 천천히 베이스를 돌기 시작했다.

하지만 그 얼굴은 이내 조금씩 의문이 담긴 표정으로 변해가기 시작했다.

타다다닷!

일찌감치 스타트를 끊은 민우가 좌중간 펜스를 향해 미칠 듯이 빠른 속도로 달려가고 있었기 때문이었다.

—곤잘레스의 타구인데요! 가볍게 떠오른 타구! 멀리 갑니다! 이 타구! 쭉쭉 뻗어서 좌익수와 중견수 사이를 가를 듯~

민우는 시야에 보이는 붉은빛의 라인을 바라보며 그 끝에 그려진 낙구 지점을 향해 열심히 발을 놀리고 있었다.

동시에 그 머리도 빠르게 돌아가고 있었다.

'2루 주자는 분명히 태그 업 플레이를 시도할 텐데……'

곤잘레스가 때린 타구의 낙구 지점은 좌중간 펜스 앞, 워닝 트랙에서도 약간 깊은 위치에 자리하고 있었다.

슬라이딩을 하기도, 몸을 던지기에도 애매한 위치라는 느낌에 민우의 미간이 가볍게 찌푸려졌다.

그나마 약간 뒤로 물러나 있던 덕분에 민우는 낙구 지점까지 직선이 아닌 약간의 곡선을 그리며 달려갈 수 있었다.

'어떻게 잡아도 2루 주자는 3루로 갈 확률이 높다. 그래도 해보긴 해야겠지.'

곧 낙구 지점에 거의 도달한 민우가 앞으로 몸을 던졌다.

탓!

빠르게 떨어지는 공과 민우가 쭉 뻗은 글러브가 교차되는 순간.

팍!

글러브에 타구가 정확히 꽂히며 가죽이 울리는 둔탁한 소리를 내뱉었다.

민우는 곧장 손을 말아 쥔 채, 바닥을 짚으며 충격을 대비했다.

촤아아악!

쿵!

거친 워닝 트랙을 타고 주르륵 미끄러진 민우의 몸이 펜스의 쿠션에 닿으며 멈춰 섰다.

―강민우!! 잡아냅니다!! 와우!!! 정말 소중한 아웃 카운트 하나를 잡아내는 강민우입니다!!

그 모습을 바라보고 있던 로키스의 수많은 팬이 믿을 수 없다는 듯, 머리를 감싸 쥐며 절망스러운 표정을 지어 보였다.

"말도 안 돼……."

"뭐 저런 놈이 다 있어……."

"도대체 몇 미터를 날아간 거야!"

타구를 날린 뒤, 민우가 타구를 쫓아 미친 듯이 달려가는 모습을 보며 설마 하는 마음을 가지고 있던 곤잘레스의 표정이 와락 일그러졌다.

"젠장! 빌어먹을!"

곤잘레스는 분을 참지 못하겠다는 듯, 거친 욕설을 내뱉으며 민우를 노려봤다.

하지만 민우는 그런 곤잘레스는 신경 쓰지 않는다는 듯, 곧장 자리에서 빠르게 일어나더니 빠르게 공을 꺼내 쥐고는 내야를 향해 강하게 팔을 휘둘렀다.

쑤아악!

2루 주자였던 영은 민우가 공을 낚아채는 순간 2루 베이스를 리터치하고는 빠르게 3루를 향해 달려가고 있었다.

중계 플레이를 위해 자리를 잡고 기다리고 있던 유격수 캐롤이 민우의 총알 같은 송구를 받고는 곧장 빠르게 공을 꺼내 들며 몸을 돌렸다.

하지만 영은 경기당 약 0.3개의 도루를 기록하고 있는, 리그 톱클래스의 주력을 소유한 선수였다.

그는 캐롤이 3루로 송구를 뿌리려고 팔을 뒤로 당겼을 때, 이미 3루 베이스로 몸을 날린 상태였다.

촤아악!

가볍게 흙먼지를 일으키며 3루 베이스를 점령하는 영의 모습에 로키스의 팬들이 가볍게 박수를 치며 곤잘레스의 타구가 잡힌 것에 대한 아쉬움을 달래고 있었다.

─와~ 보셨습니까? 배트에서 딱 소리가 남과 동시에 이미 스타트를 끊었고, 순식간에 낙구 지점을 향해 최적의 루트로 달려가서는 정확한 타이밍에 몸을 날려 공을 잡아냈습니다! 이야~ 정말 두 눈으로 보고도 믿기지 않는, 슈퍼 캐치가 나왔습니다!

─누가 다저스의 슈퍼스타가 아니랄까 봐 1회부터 실점 위기를 맞이한 릴리를 돕는, 정말 너무나도 중요한 아웃 카운트를 잡아내는 대단한 수비를 선보이는 강민우 선수입니다. 뒤이어 내야로 송구를 했지만 너무 깊은 타구였고, 에릭 영 주니어의 발도 워낙에 빨랐기에 3루로 향하는 것까지는 막지 못합니다. 이제 1사에 주자 1, 3루로 바뀌며 타석에는 4번 타자, 툴로위츠키가 들어섭니다.

멀리서 그 모습을 지켜보고 있던 민우는 욕심이라는 것을 알고 있으면서도 약간의 아쉬움을 느끼고 있었다.

'타구가 너무 깊었고 슬라이딩을 하느라 시간이 지체돼서 어쩔 수 없는 거지만, 아쉽네.'

하지만 이미 지나간 일이었다.

이제 겨우 1아웃을 잡았을 뿐이었고, 타석에는 곤잘레스와 로키스 타선의 한 축을 맡고 있는 툴로위츠키가 들어서고 있었다.

글러브를 만지작거리던 민우가 글러브의 상태를 체크하며 빠르게 수비 위치로 되돌아갔다.

민우의 도움으로 실점의 위기를 면하긴 했지만, 그렇다고 릴리의 구위가 바로 살아나는 것은 아니었다.

슈우욱!

틱!

"파울!"

또 하나의 공을 커트해 낸 툴로위츠키가 배터 박스에서 살짝 물러서고는 배트를 휘두르며 몸을 풀고 있었다.

계속해서 커트를 당한다는 것은 릴리의 구위가 타자를 압도하지 못하고 있다는 증거였다.

그 모습을 바라보며 글러브를 만지작거리던 민우는 3루 주자인 에릭 영 주니어의 움직임을 예의 주시하고 있었다.

'자신의 빠른 발을 믿고 있을 테고, 조금 전의 내 송구가 그리 위력적이지 않다고 느꼈을 거야. 그렇다면 역시… 어중간한 플라이에도 홈을 노리겠지.'

툴로위츠키는 경기 초반의 득점 찬스를 놓치지 않고 에릭 영 주니어를 홈으로 불러들이기 위해 그 스윙을 더 크게 가져갈 확률이 높았다.

민우는 곤잘레스를 상대할 때와 마찬가지로 약간 뒤로 물러난 위치에 자리를 잡으며 언제든 달려 나갈 준비를 마쳤다.

곧, 로진백을 매만진 릴리는 튤로위츠키가 자리를 잡자 세트 포지션에서 빠르게 공을 뿌렸다.

슈우욱!

릴리의 손을 떠난 공이 스트라이크존의 가운데에서 떨어져 내리는 순간.

따악!

튤로위츠키의 배트가 크게 돌아 나오며 떨어지는 공을 그대로 퍼 올렸다.

하지만 그 타격음은 생각보다 둔탁하게 울려 퍼졌다.

마치 좋지 않은 타구라는 것을 증명하듯 튤로위츠키는 크게 떠오른 타구에 고개를 들며 눈을 질끈 감아버렸다.

그러고는 손에 쥐고 있던 배트를 옆으로 신경질적으로 던지고 나서야 1루를 향해 달려가기 시작했다.

민우는 크게 떠오른 타구의 낙구 지점이 자신의 원래 수비 위치에 표시된 것을 확인하고는 오히려 조금 더 뒤로 물러났다.

에릭 영 주니어는 타구가 떠오르는 순간부터 3루 베이스에 한쪽 발을 디딘 채, 타구를 바라보며 홈으로 달릴 준비를 마친 상태였다.

쿠어스 필드에 있는 모든 이들이 떠오르던 타구가 센터 필드에서 서서히 떨어져 내리는 모습을 바라보고 있었다.

그리고 낙구 지점에 타구가 떨어질 즈음.

민우가 서서히 앞으로 달려 나가기 시작했다.

곧 속도를 붙인 민우가 글러브를 들어 올렸다.

꽉!

민우는 글러브에 공이 꽂힘과 동시에 곧장 몸을 틀며 왼손으로 공을 뽑아 뒤로 당겼다가 이내 강하게 휘둘렀다.

쑤아악!

—아~ 떴습니다! 타구는 중견수 쪽으로! 뒤로 물러났던 강민우 선수가 앞으로 달려 나오면서 잡았습니다! 3루 주자 홈으로! 홈으로!!

타다다닷!

그와 동시에 3루 주자인 에릭 영 주니어가 홈을 향해 전력으로 질주를 시작했다.

스스로의 빠른 발을 자랑하듯 순식간에 홈 플레이트 근처에 도달한 에릭 영 주니어는 포수가 자리에 가만히 서 있는 모습을 발견했다.

그리고 그 모습은 에릭 영 주니어의 마음에 약간의 틈을 만들었다.

'됐어!'

그리고 마음의 틈은 곧 몸의 긴장을 풀게 만들었고, 영의 슬라이딩도 그 날카로움이 무뎌지고 말았다.

슈우욱!

순간 영의 귓가에 파공성과 함께 순식간에 자세를 낮추는 포수의 모습이 보였다.

잠깐의 의문 이후, 그의 표정이 경악으로 물들었다.

팍!

어느새 포수의 미트에 공이 빨려 들어감과 동시에 그 미트가 자신의 손과 홈 플레이트 사이에 자리를 잡았기 때문이었다.

툭!

영은 그제야 뻗었던 손을 뒤로 빼려 했지만, 놓치지 않겠다는 듯 포수의 미트가 곧장 에릭 영 주니어의 가슴팍에 닿으며 자연스럽게 태그가 되어버리고 말았다.

그 모습을 처음부터 끝까지 지켜보고 있던 주심이 주먹을 크게 휘두르며 영에게 사형을 선고했다.

"아웃!"

에릭 영 주니어의 방심이 불러온 미스플레이였다.

정상적으로 주루를 했다면 포수의 태그를 대비하는 주루 플레이를 했어야 했지만, 바라하스의 속임 동작이 영에게 제대로 먹혀들어간 것이기도 했다.

―홈에서!! 태그 아웃! 아웃입니다!! 와우~ 강민우 선수의

송구가 정말 빠르고, 정확하게 날아왔고요! 바라하스가 재치 있는 트릭 플레이로 에릭 영 주니어를 잡아냅니다! 강민우와 바라하스가 환상적인 호흡으로 로키스의 공격을 무위로 돌려세웁니다!

—아~ 이건 사실 에릭 영 주니어의 실책이라고 할 수 있겠는데요. 사실 주자는 상대 포수의 동작보다는 후속 타자의 시그널을 보고 판단해야 하는데요. 에릭 영 주니어가 시그널을 보지 못한 걸까요? 포수가 팔을 내리고 있는 동작만을 보고 개인적인 판단을 내리면서 결국 팀에 큰 타격을 입히고 맙니다. 로키스로서는 앞으로 점수를 내지 못한다면 지금의 이 플레이를 두고두고 후회하게 될 것 같습니다.

순식간에 벌어진 상황에 로키스의 팬들은 어안이 벙벙한 표정을 지은 채 엎어져 있는 에릭 영 주니어를, 환호하는 투수를, 그리고 외야에서 미소를 지은 채 달려오고 있는 민우를 번갈아 바라보고 있었다.

"하⋯⋯."

"무슨 생각으로 저런 안일한 플레이를 한 거야?"

"뭐야? 이거 진짜야? 잘못 본 거 아니야?"

"하아⋯ 다 된 밥에 제대로 재를 뿌리네."

빠르게 더그아웃에 도달한 민우는 더그아웃 앞에서 자신을 기다리고 있던 릴리를 보고는 씨익 웃어 보였다.

릴리 역시 기분 좋은 미소를 지은 채, 민우를 향해 손을 들어 보였고, 민우는 그 손을 가볍게 터치하며 기쁨을 나누었다.

"멋진 플레이였어. 덕분에 살았다."

"오늘도 당할 순 없잖아요. 이겨야죠. 이제 몸 좀 풀리셨죠?"

"걱정 마라. 네가 뒤에 있다는 걸 생각하니까 긴장이 싹 풀렸다. 다음 이닝부터는 완벽하게 막아줄 테니까 기대해라."

릴리는 민우를 향해 신뢰의 시선을 보내고는 몸이 식지 않게 하기 위해 빠르게 점퍼를 주워 입었다.

뒤이어 다저스의 선수들이 모두 민우에게 달려들어 몸 여기저기를 두드리며 기쁨을 나누었다.

민우의 호수비 두 개로 인해 다저스의 분위기는 완전히 살아났고, 여세를 몰아 공격으로까지 가져가는 일만이 남아 있었다.

2회 초 1아웃, 민우는 첫 타석에서 잘 때린 라인드라이브 타구가 좌익수의 글러브에 그대로 빨려 들어가며 첫 타석에서 좌익수 플라이로 돌아서야 했다.

릴리는 그 자신의 말처럼 민우의 호수비를 믿는다는 듯, 자신의 투구 패턴을 되찾은 모습을 보이며 한 이닝, 한 이닝을 깔끔하게 처리하며 경기의 분위기를 가져가고 있었다.

그리고 4회 초.

타선이 한 바퀴를 돌아 다시 1번 타자인 캐롤이 타석에 들어섰다.

슈우욱!

따악!

캐롤은 히메네즈의 초구를 가볍게 건드려 유격수의 키를 살짝 넘기는 안타를 만들어내며 다저스에 첫 출루를 선사했다.

슈우욱!

팍!

"세이프!"

슈우욱!

팍!

"세이프!"

히메네즈는 1번 타자인 캐롤의 발이 신경 쓰이는 듯, 연신 견제구를 뿌리며 캐롤을 1루에 묶어두려 노력하고 있었다.

그렇게 두 개의 견제구를 뿌린 히메네즈가 2번 타자인 기브스에게 초구를 뿌리는 순간.

타다닷!

기다렸다는 듯, 스퍼트를 끊는 캐롤의 움직임을 확인한 히메네즈의 미간이 가볍게 찌푸려졌다.

팍!

로키스의 포수, 이아네타가 기다렸다는 듯 미트에 꽂힌 공을 뽑아 2루를 향해 뿌렸다.

　슈우욱!

　송구 스피드와 캐롤의 위치를 볼 때, 타이밍상으로는 아웃이었다.

　촤아악!

　팍!

　하지만 그 송구가 아주 조금 옆으로 빗겨나가고 말았고, 슬라이딩을 시도한 캐롤은 아슬아슬하게 베이스를 먼저 터치하며 도루에 성공할 수 있었다.

　따악!

　뒤이어 2번 타자인 기븐스의 타구가 2루수의 글러브를 아슬아슬하게 스치며 빠져나가면서 캐롤은 3루까지, 기븐스는 1루에 들어섰다.

　순식간에 노아웃 주자 1, 3루 상황이 만들어지며 분위기가 묘하게 돌아가기 시작했다.

　쿠어스 필드를 가득 채운 로키스의 팬들은 이어지는 다저스의 강타선을 히메네즈가 잘 막아줄 수 있을지 우려가 담긴 시선을 보내기 시작했다.

　이어 3번 타자인 이디어가 들어서며 경기가 다시금 재개되었다.

히메네즈는 절대로 실점하지 않겠다는 듯, 눈을 날카롭게 빛내며 주자보다는 공 하나하나를 제대로 던지는데 집중하고 있었다.

슈우욱!

팡!

"스트라이크!"

초구 2개의 볼을 던지며 살짝 불안한 모습을 보이던 히메네즈는 이어 3구를 스트라이크존에 꽂아놓으며 한숨을 돌리는 듯하더니 4구로 98마일짜리 투심 패스트볼을 과감하게 스트라이크존에 욱여넣으며 이디어의 허를 찌르는 모습이었다.

이디어는 4구째 구석을 찌르는 공을 놓친 것이 아쉽다는 듯, 눈을 감은 채 고개를 살짝 갸웃거리고는 다시 자세를 잡았다.

곧, 사인 교환을 마친 히메네즈가 1루와 3루를 힐긋 바라보고는 강하게 공을 뿌렸다.

슈우욱!

패스트볼과 전혀 구분이 되지 않는 팔의 각도와 뒤로 당겨졌던 팔이 휘둘러지며 뻗어 날아오는 공의 모습도 패스트볼과 별반 차이가 없어 보였다.

그리고 그 모습에 이디어가 참지 못하고 배트를 내밀고 말았다.

하지만 이미 배트가 돌아가고 있음에도 모두의 눈에는 공이 채 홈 플레이트 위를 지나기도 전에 배트가 돌아갈 것으로 보였다.

이디어는 뒤늦게 체인지업이라는 것을 깨닫고 배트를 늦추려 노력했다.

하지만 100마일에 맞춰진 배트 스피드를 죽이는 것은 너무나도 어려운 일이었다.

부우웅!

팡!

"스트라이크 아웃!"

미처 멈추지 못한 이디어의 배트는 허공을 크게 가르며 돌아가고 말았다.

히메네즈의 공은 그 어떤 방해도 받지 않은 채 포수의 미트에 꽂히고 나서야 멈춰 섰다.

포수 미트에 꽂힌 공에 뒤이어 주심의 우렁찬 목소리에 이디어가 거친 욕설을 내뱉으며 자책하는 모습을 보였다.

"젠장! 빌어먹을!"

자책을 한다고 해서 아웃이 된 상황을 돌이킬 수는 없는 것이었다.

그럼에도 이디어는 더그아웃을 향해 돌아가면서 계속해서 가볍게 성질을 내는 모습이었다.

2볼을 내어주고도 연속으로 3개의 스트라이크를 잡는 위엄을 보이며 자신의 건재함을 알리는 히메네즈의 모습에 로키스의 팬들이 가볍게 환호하며 박수를 쳤다.

"나이스 히메네즈!"

"다 잡아버려!"

"다저스 잡고 20승 가자!"

히메네즈는 귓가를 울리는 팬들의 목소리에 속으로 고개를 끄덕였다.

오늘 경기를 제외하면 로테이션상 선발 등판은 기껏해야 한 번 정도가 남아 있었다.

지난 다저스 원정에서 19승을 기록한 히메네즈는 최하위 디백스와의 원정 경기에서 무난히 20승을 달성하리라 예상했었다.

하지만 모두의 예상을 깨뜨리고 히메네즈는 제구 난조로 인해 완벽히 무너지는 모습을 보이며 패배를 기록했고, 20승 고지 점령을 다음으로 미뤄야 했다.

그리고 오늘, 홈으로 돌아와 다시금 20승에 도전하고 있었다.

'과거였다면 무난하게 했으리라 생각하겠지만… 문제는 저 녀석이지.'

히메네즈의 시선은 타석에 들어서고 있는 로니가 아닌 대기 타석에서 가볍게 몸을 풀고 있는 민우에게로 향해 있었다.

사실 다저스에서 히메네즈의 20승 달성을 방해할 만한 선수는 그리 많지 않았다.

9월 이전까지 부상과 슬럼프에 허덕이는 선수가 많았고, 켐프의 부진으로 이렇다 할 거포 타자가 존재하지 않았었다.

'저 녀석은 뭔가 다르다. 데뷔하자마자 일으킨 이슈가 많아. 당장 저번 경기에서도 곤잘레스가 아니었다면 홈런이 되었을 거고.'

그때 경기가 치러진 곳은 다저스타디움이었지만, 지금은 쿠어스 필드였다.

같은 타구라도 비거리가 최소 5미터는 더 나오는 곳이 바로 쿠어스 필드였다.

'최선을 다하겠지만… 저번처럼 센터 필드로 넘어간다면 곤잘레스를 믿어야겠지. 일단은 로니부터 잡자.'

가볍게 생각을 정리한 곤잘레스는 곧 타석에 들어선 로니에게 집중하기 시작했다.

로니는 앞선 타석에서도 히메네즈의 공에 삼진으로 무력하게 물러섰었다.

최근 타격감이 그렇게 썩 좋다고는 할 수 없는 로니였기에 히메네즈는 오히려 부담을 털고 직전보다 더 좋은 공을 뿌렸다.

볼카운트는 순식간에 1볼 2스트라이크가 만들어졌다.

로진백을 들어 손 위로 가볍게 턴 히메네즈가 곧 사인을 확인하고는 빠르게 공을 뿌렸다.

슈우 웍!

히메네즈의 손을 떠난 공이 스트라이크존의 높은 코스를

노리고 날아갔다.

눈에 가깝게 보이는 공에 현혹된 로니의 배트가 뒤늦게 돌아갔지만, 99마일짜리 하이 패스트볼을 제대로 때려내기에는 무리가 있었다.

딱!

둔탁한 타격음과 함께 내야에서 높이 떠오른 타구에 주자들은 베이스에 발을 댄 채, 한 걸음도 떼지 않고 타구를 바라보고 있었다.

곧 제자리에서 좌우로 움직이던 유격수가 글러브를 들어 로니의 타구를 잡아내며 전광판의 아웃 카운트를 가리키는 표시가 두 개로 늘어났다.

힘없이 돌아서는 로니의 뒤쪽으로 더그아웃 난간에 기댄 채 애써 아쉬움을 감추고 있는 다저스 선수들의 모습이 보이고 있었다.

─로니 타격! 떴습니다! 내야에서~ 유격수! 2루수! 유격수가 잡아냅니다! 히메네즈의 99마일짜리 빠른 공에 속수무책으로 당하고 말았습니다. 2아웃. 타석에는 5번 타자인 강민우 선수가 들어서고 있습니다.

쿠어스 필드를 찾은 다저스의 열성 팬부터, 각지에서 TV로, 라디오로 중계방송을 보고 듣고 있는 다저스의 팬들도 그런 선수들과 마찬가지의 얼굴을 하고 있었다.

마치 지난 다저스와의 경기에서처럼 최고의 구위를 회복한 듯한 히메네즈의 모습은 이번 기회를 놓친다면 그리 쉽게 득점을 허용하지 않을 듯한 기세였다.

그렇기에 팬들은 민우가 이번 타석에서 무언가 일을 터뜨려 주기를 바라고 있었다.

그리고 그 생각은 민우도 마찬가지였다.

'역시⋯ 히메네즈의 공은 굉장하다. 안타를 때리고 나간 캐롤과 기븐스가 대단할 정도야. 하지만⋯ 주자 1, 3루 기회는 흔치 않아. 여기서 점수를 내야 한다.'

대기 타석을 벗어난 민우는 점점 가까워지는 배터 박스를 바라보고 있었다.

'히메네즈의 공은 투심을 제외하곤 종으로 떨어지는 모습이니까⋯ 원래대로 가보자.'

곧 민우는 배터 박스에서 자신의 몸에 가장 익숙한 위치인 가장 앞쪽에 자리를 잡았다.

이아네타는 직전 타석과 달리 배터 박스의 가장 앞쪽에 자리를 잡는 민우를 보았지만 크게 신경을 쓰지 않았다.

'전 타석에서 안타를 못 치더니⋯ 원래 위치로 돌아가는 건가? 뭐, 그렇게 한다고 히메네즈가 무너질 것 같지는 않지만.'

불의의 안타 2개를 얻어맞았지만 그뿐이었다.

히메네즈의 구위는 이전과 같은 모습이었고, 이아네타의 눈에 다저스의 타자들 중, 히메네즈에게 한 방을 먹일 만한 타자는 보이지 않았다.

하지만 에릭 영 주니어의 안일한 플레이로 득점 기회를 놓친 것을 상기한 이아네타는 방심은 금물이라는 걸 되새겼다.

'일단 가장 자신 있는 공으로 스트라이크를 잡고 시작하자.'

이아네타의 사인을 받은 히메네즈가 아주 잠시 머뭇거리더니 곧 고개를 끄덕였다.

직전 타석에서는 속구를 제외한 슬라이더와 체인지업을 구사하며 잡아냈었다.

히메네즈 역시 눈에 익은 공보다는 자신이 가장 자신이 있고, 아직 한 번도 구사하지 않은 투심 패스트볼을 뿌리는 것도 나쁘지는 않다고 생각했다.

하지만 지난 경기의 아슬아슬했던 타구의 이미지가 아직까지 남아있었기에 자신도 모르게 고개가 끄덕여지지 않았던 것이기도 했다.

하지만 100마일의 공이야말로 히메네즈의 자부심이었고, 자신의 가치를 증명하는 공이기도 했다.

가볍게 숨을 고른 히메네즈는 세트 포지션에서 곧장 강하게 공을 뿌렸다.

슈우욱!

히메네즈의 손에서 뿌려진 공이 매서운 기세로 홈을 향해 날아들기 시작했다.

탓!

동시에 민우가 기다렸다는 듯, 곧장 스트라이드를 내디디며 매섭게 허리를 회전시켰다.

그리고 그 회전을 따라 날카롭게 돌아 나온 배트가 홈 플레이트 앞쪽에서 공과 마주했다.

따아악!

날카로운 타격음이 쿠어스 필드를 타고 울려 퍼졌다.

민우의 배트에서 튀어나간 타구는 큼지막한 포물선을 그리며 우중간 방면으로 날아가기 시작했다.

손에서 느껴지는 잔잔한 울림에 민우의 미간이 살짝 찌푸려졌다.

애매한 느낌이었지만, 민우는 순간 이곳이 쿠어스 필드라는 것을 떠올렸다.

2아웃 상황이었기에 잡히는 것을 신경 쓸 필요도 없었다.

이미 1루 주자와 3루 주자는 민우의 타구가 날아가는 순간 빠르게 스타트를 끊은 상태였다.

곧, 민우는 복잡한 생각을 접어버리고는 1루를 향해 빠르게 달리기 시작했다.

─쳤습니다! 빠르게 뻗어나가는 타구는 우중간 방면으로! 중견수와 우익수가 빠르게 달려갑니다!

중견수인 곤잘레스는 민우의 타구가 떠오른 순간, 곧장 방향을 잡고 우중간 펜스 방면으로 달려가기 시작했다.

'잡을 수 있어!'

타구의 속도가 생각보다 빠른 모습에 더욱 박차를 가했고 곤잘레스는 순식간에 워닝 트랙까지 도달했다.

그리고 타구가 거의 떨어질 즈음, 글러브를 뻗으며 미소를 지으려던 순간.

'됐… 어?'

곤잘레스는 우익수인 파울러가 코앞까지 다가온 것을 보고는 순간적으로 눈을 크게 뜨고 말았다.

글러브를 뻗고 있던 파울러 역시 뒤늦게 곤잘레스를 발견하고는 본능적으로 몸을 움츠리며 눈을 질끈 감고 있었다.

쿵!

뒤이어 마치 콘크리트에 부딪히는 듯한 강렬한 충격이 곤잘레스와 파울러의 몸을 타고 울렸다.

"큭!"

"악!"

두 야수의 입에서 강한 충격으로 인한 거친 비명이 새어 나왔다.

곧 서로의 힘을 이기지 못한 두 선수가 거칠게 그라운드에 나뒹굴었다.

그 모습을 쿠어스 필드의 수많은 팬들이 놀람과 걱정이 뒤

섞인 표정으로 바라보고 있었다.

"아아……."

"어떡해!"

"괜찮은 건가?"

―어어! 중견수와 우익수가 타구를 쫓다가 거칠게 부딪히고
말았습니다. 아~ 부상을 당하지 않았을까 걱정될 정도로 강
한 충돌이었는데요. 공은 어디 있죠? 잡았나요?

프로 선수는 프로 선수였다.

충격에 머리가 어질어질할 법도 했지만 곤잘레스는 이를
악문 채, 자신의 글러브가 비어 있는 것을 확인하고는 주변을
빠르게 살폈다.

파울러 역시 자신의 빈 글러브를 확인하고는 억지로 몸을
일으켰다.

그리고 파울러의 몸 아래에 깔려 있던 공이 그제야 모습을
드러냈다.

곤잘레스는 곧장 그 공을 주워 들어 외야 쪽으로 올라온
2루수에게 송구한 뒤, 한쪽 무릎을 꿇고 주저앉고 말았다.

하지만 그 조금의 틈이 다저스에겐 행운이 되고 말았다.

타다다닷!

곤잘레스와 파울러가 충돌하는 순간, 민우는 다리 근육을

바짝 조이며 순식간에 2루를 돌아 3루를 향해 내달렸다.

이미 2아웃인 상황이었기에 주춤거릴 이유가 없었다.

잡혔다면 아쉬운 일이지만 잡히지 않았다면 한 점의 득점이라도 더 올려야 했다.

민우의 눈에 3루 코치가 한쪽 팔을 풍차처럼 돌리는 모습이 보였다.

—3루 주자는 홈을 밟았고요. 1루 주자도 3루를 돌아 홈으로 달립니다! 그리고… 아! 잡지 못했네요! 공을 잡지 못했습니다! 뒤늦게 떨어진 공을 발견한 곤잘레스가 공을 주워 들고 곧장 내야로 송구! 하지만 타자 주자는 3루에서!! 3루! 3루에서 멈추지 않습니다! 3루를 지나서 홈으로! 홈으로!

흔들리는 시야에 미트를 주먹으로 때리며 몸을 수그리고 있는 포수의 모습이 보이고 있었다.

곧 민우는 주루 라인에서 바깥으로 방향을 살짝 돌리고는 옆으로 비스듬히 몸을 던졌다.

좌아아악!

팍!

송구를 받은 포수가 몸을 던지며 민우를 태그하려 했지만, 민우가 흙먼지를 날리며 그보다 한 발 빠르게 홈 플레이트를 터치하고 지나갔다.

주심은 고민할 것도 없다는 듯, 양팔을 크게 벌려 보이며 세이프를 외쳤다.

―홈에서! 세이프! 세이프입니다! 아슬아슬하게 홈을 먼저 파고드는 강민우 선수! 선행 주자들에 이어 타자 주자까지 모두 홈을 파고드는 다저스! 스코어는 순식간에 0 대 3으로 벌어집니다. 로키스로서는 운이 따라주지 않았네요. 수비 실책으로 인해 홈을 파고들었기 때문에 기록은 원 히트 원 에러로 기록됩니다.

―지금 이 경우를 잠시 살펴보면요. 사실 외야수끼리는 타구가 애매한 위치에 떴을 때 누가 잡겠다는 약속을 하거든요. 하지만 지금 위치상으로 봤을 때 중견수보다는 우익수에게 맡기고 물러서는 게 맞지 않았나 싶습니다.

―예, 맞습니다. 제가 봤을 때 파울러 선수가 자신이 잡겠다고 콜을 하지 않았나 싶었는데요. 중견수 곤잘레스 선수가 콜을 듣지 못한 것인지 정확히는 알 수 없지만, 결국 좋지 않은 상황이 벌어지고 말았습니다.

"예에에!!"

민우는 몸을 일으키며 기쁨의 괴성을 지르며 양 주먹을 쥐어 보였다.

그리고 홈 플레이트에서 그런 민우를 기다리던 캐롤과 기브스가 민우의 헬멧을 마구 두드리며 미소를 지어 보였다.

"역시 너라면 저 녀석한테 한 방 먹일 줄 알았다!!"

"히메네즈에게 한 방에 3점이라니! 아쉽게 홈런은 안됐지만… 이다음은 혹시 홈런이냐?"

민우는 머리가 울리는 느낌에도 기분 좋은 미소를 지어 보였다.

"그렇게 원하시면… 까짓것 진짜로 하나 때려 버리죠. 뭐."

예상치 못한 민우의 발언에 캐롤과 기브스가 잠시 멍한 표정을 지으며 서로를 바라봤다.

그러고는 이내 입꼬리를 말아 올리며 민우의 헬멧을 두드리기 시작했다.

탕탕!

"요 녀석 보소. 이제 다 컸다 이거냐!"

"오냐~ 하나 칠 수 있으면 부디 쳐주라~ 크크!"

민우는 그들의 구타를 피해 빠르게 더그아웃으로 들어섰고, 자신을 두드리기 위해 몸을 풀고 있는 동료들을 바라보며 어색하게 웃어 보였다.

로키스의 트레이너는 곧장 외야로 뛰쳐나갔고, 곤잘레스와 파울러의 상태를 살피기 시작했다.

곤잘레스는 인상을 찌푸리면서도 연신 괜찮다는 것을 어필했고, 그건 파울러 역시 마찬가지였다.

곧 파울러가 확인을 받은 뒤, 곤잘레스의 엉덩이를 툭 치고는 자신의 수비 위치로 되돌아갔다.

곤잘레스는 그런 파울러를 바라보며 미간을 찌푸렸다.

'하아… 강민우를 너무 의식한 나머지 시야가 좁아졌어. 콜도 듣지 못하다니… 내 실책이다. 히메네즈의 얼굴을 어떻게 봐야 할지……'

마운드를 바라보던 곤잘레스는 히메네즈가 애써 표정을 다스리는 것을 느끼고는 더욱 마음이 무거워졌다.

'이렇게 된 이상 타석에서 어떻게든 만회하는 수밖에 없겠지. 후우. 릴리가 다시 흔들리는 걸 바라야 하나.'

자리를 털고 일어선 곤잘레스의 표정이 변하는 것을 본 트레이너는 정말 괜찮은 거냐는 물음을 재차 던진 뒤에야 더그아웃 쪽으로 방향을 돌렸다.

─위험한 상황이 벌어지자마자 빠르게 달려 나갔던 트레이너가 확인 후 괜찮다는 사인을 보냅니다. 다행이네요. 불행 중 다행으로 두 선수 모두 큰 부상은 아닌 것으로 보입니다. 잠시 지체되었던 경기가 재개됩니다. 타석에는 6번 타자 블레이크 선수가 들어섭니다.

히메네즈는 누상의 주자가 모두 홈을 밟으며 텅 비어버린 베이스를 잠시 훑어봤다.

그러고는 로진백을 매만지며 흔들리는 마음을 다잡은 듯,

블레이크를 2구 만에 유격수 땅볼로 돌려세우며 나머지 아웃 카운트 하나를 채우고 이닝을 마무리 지었다.

하지만 로키스의 팬들은 믿었던 히메네즈와 곤잘레스가 홈에서 흔들리는 모습에 패배의 기운을 조금씩 느끼고 있었다.

4회, 균형이 깨진 뒤 5회를 지나 6회가 마무리 될 때까지 양 팀은 이렇다 할 변화를 주지 못하고 있었다.

다저스 타선은 히메네즈의 구위에 눌린 듯, 단 한 타자도 출루하지 못하며 경기가 빠르게 진행되는데 일조하고 있었다.

반면 다저스의 선발투수인 릴리는 압도적인 구위가 아님에도 로키스의 타선을 2이닝 동안 단 2안타로 묶으며 승리에 더욱 가까워지고 있었다.

마치 양 팀의 중견수 수비가 경기의 향방까지 가르는 듯한 모습이었기에 로키스의 팬들은 곤잘레스의 수비 실책이 더욱 가슴 아프게 다가올 수밖에 없었다.

7회 초.

로키스의 마운드에는 다시금 히메네즈가 올라서고 있었다.

현재까지 6이닝 3실점을 기록한 상황.

비록 실책으로 인해 자책점이 줄어들긴 했지만, 그렇다고 히메네즈의 자존심까지 세워지는 것은 아니었다.

만약 장타를 허용하지 않았다면 실점으로 이어질 일도 없었던 상황이었다.

'수비를 탓할 것도 없다. 이건 내가 강민우를 압도하지 못했다는 증거일 뿐이야.'

최하위 디백스에게 이미 무너진 자존심이었지만 20승의 문턱에서 두 번 연속으로 미끄러질 수는 없었다.

'여긴 우리의 홈이야. 홈을 가장 잘 아는 건 우리들이지. 절대로 져선 안 돼. 3점 정도는 얼마든지 따라잡을 수 있어.'

3점. 타자 친화적인 구장인 쿠어스 필드에서 치러지는 경기에서는 경기가 막바지이더라도 3점은 언제든지 뒤집어질 수 있는, 절대로 안심할 수 없는 점수였다.

메이저리그에는 큰 점수 차로 이기고 있을 때, 도루를 하지 않는다는 등의 불문율이 존재한다.

하지만 이런 불문율은 경기장의 상황이나 상대 팀의 능력에 따라 적용되지 않는 경우가 종종 있었다.

쿠어스 필드에서 치러지는 경기도 마찬가지였다.

메이저리그 유명 감독인 베이커는 '쿠어스 필드에서의 5점 차는 2점 차나 마찬가지다'라는 말을 했었다.

하물며 지금은 5점도 아니고 겨우 3점 차이가 날 뿐이었다.

히메네즈는 그 점을 상기하고는 추격을 위해서라도 이번 이닝을 무실점으로 막아야 한다고 생각하고 있었다.

그리고 그런 생각은 로키스의 모든 선수들이 공통으로 가지고 있는 생각이기도 했다.

슈우욱!

팡!

"볼!"

또 하나의 99마일짜리 공이 포수의 미트를 찢어발길 듯한 소리를 내뿜었다.

로키스의 포수, 이아네타는 미트를 움찔거리며 주심의 콜을 최대한 유리하게 이끌어내려 노력했다.

하지만 그 결과는 스트라이크가 아닌 볼이었다.

볼 하나가 추가되며 3볼 2스트라이크 상황이 만들어졌다.

4번 타자인 로니는 쉽게 물러서지 않겠다는 듯, 연신 볼을 골라내고 커트를 해내면서 히메네즈를 끈질기게 물고 늘어지고 있었다.

그리고 기어코 방금 전의 공을 골라내며 풀카운트 상황을 만들어내고 있었다.

이아네타는 로니의 배트 스피드가 느린 점을 상기하고는 다시금 빠른 공을 요구했다.

'하이 패스트볼로 윽박지르자. 최고 구속으로 던져.'

이아네타의 요구에 히메네즈도 동의한다는 듯, 가볍게 고개를 끄덕였다.

잠시 숨을 고른 히메네즈가 와인드업 자세에서 강하게 공을 뿌렸다.

슈우우욱!

눈높이로 날아오는 빠른 공의 궤적을 확인한 로니도 곧장 배트를 내밀었다.

하지만 로니의 배트가 완전히 앞으로 돌아 나오기도 전에 히메네즈의 공은 홈 플레이트 위를 지나고 있었다.

딱!

둔탁한 타격음과 함께 크게 낮게 바운드된 타구가 곧장 3루수인 J. 헤레라에게로 향했다.

로니는 자신의 타구에 화가 난다는 듯 배트를 옆으로 내던지면서도 포기하지 않겠다는 듯, 1루를 향해 전력으로 달리기 시작했다.

─바깥쪽 땅볼! 3루수 헤레라!

3루수인 헤레라는 바운드된 타구를 잡기 위해 능숙한 동작으로 앞으로 달려 나갔고, 곧 글러브를 아래로 내리며 튕겨 오르려는 타구를 잡으려했다.

툭!

하지만 헤레라의 바로 지근거리에서 바운드된 타구가 갑자기 그 방향을 틀었고, 헤레라의 글러브 옆쪽에 부딪히고는 파울라인 방향으로 굴러가 버렸다.

"아아!"

"이런!"

로키스의 팬들은 믿을 수 없는 모습을 본 것처럼 머리를 감싸 쥐며 비명을 내질렀다.

곧장 멈춰 선 헤레라가 급히 뒤쪽으로 몸을 돌려 공을 주워 들었고 한 박자 늦게 1루를 향해 송구를 뿌렸다.

―다시 한 번! 1루에! 1루! 세이프~ 세이프입니다. 굳이 급하게 처리할 필요가 없는, 정말 힘없는 타구였는데요. 바운드가 조금 튀었나요?

―핫코너에서 정말 좋은 수비를 보여주고 있던 헤레라 선수인데요. 글러브의 바깥 면을 때린 것으로 보아 아무래도 예상보다 다른 방향으로 바운드가 튀어 오른 것 같습니다.

―히메네즈 선수가 오늘 운이 따라주지 않는군요. 그리고 타석에는 오늘 다저스의 3점을 모두 책임진 선수죠? 강민우 선수가 들어서고 있습니다.

터벅터벅.

잠시 발을 풀며 일어서 있던 이아네타는 귓가에 들려오는 민우의 발소리가 유별나게 크게 들려오는 느낌에 가볍게 고개를 털었다.

'내가 무슨 생각을… 아까야 초구를 노린 게 우연히 맞아 들어간 거지. 이번엔 잡아낸다.'

곧, 민우가 배터 박스에 들어서자 이아네타는 슬며시 민우에게 말을 걸었다.

"어이, 홈런왕."

자신의 부름에 고개를 살짝 들어 올리는 민우의 모습에 이아네타가 아주 살짝 웃어 보였다.

"거 욕심이 너무 많은 거 아니야? 연속 경기 홈런 신기록에 내셔널리그 월간 최다 홈런 타이기록에 사이클링 히트까지 했는데… 뭐, 오늘도 기록 하나 세우려고? 욕심이 과하면 화를 부른다는 말 모르나 봐."

이아네타는 민우의 마음에 조금이라도 틈을 만들려는 듯했다.

하지만 민우는 그 이야기에 가볍게 웃고는 고갯짓으로 히메네즈를 힐긋 가리켰다.

"그쪽도 20승을 노리는 건 마찬가지인 것 같은데? 그냥 서로 할 일 합시다."

민우의 말에 순간 벙찐 표정을 지어 보인 이아네타가 야수들을 힐긋 바라봤다.

외야에선 곤잘레스가, 내야에선 헤레라가 이미 각각 한 번씩의 실책을 기록한 상태였다.

특히 곤잘레스의 실책은 뼈아픈 3실점이 되어 끌려가는 경기를 만들고 있었기에 선수들의 얼굴에는 알게 모르게 은은한 긴장감까지 드러나고 있었다.

긴장은 곧 실책을 유발하는 악순환으로 반복되게 마련이

었다.

'이거… 위험할지도……'

민우는 자신의 말에 얼굴색이 바뀌는 이아네타의 모습을 보고는 피식 웃어 보였다.

'힘내라고.'

곧, 민우는 배터 박스의 가장 앞쪽에 자리를 잡으며 하나의 스킬을 떠올렸다.

'여기서 끝을 내야겠지? 일주일에 한 번밖에 쓸 수 없는 거라 아껴둔 스킬이지만… 지금이 가장 적절할 때야.'

3점을 앞서고 있는 상황이었지만, 아직은 부족했다.

1차전에서 로키스를 완전히 압도하고 그 기세를 2, 3차전까지 이어갈 수만 있다면 충분히 사용할 만한 가치가 있었다.

민우는 사인을 교환하는 이아네타와 히메네즈를 잠시 바라보고는 마음속으로 하나의 스킬을 사용했다.

'초감각.'

지잉!

[초감각의 효과가 적용됩니다.]

[파워와 정확 능력치가 30% 상승합니다.]

[체력이 50 소모됩니다.]

'흡.'

처음 '초감각' 스킬을 사용했던 그때와 마찬가지였다.

순간적으로 온몸에 힘이 쑤욱 하고 빠져나가며 가슴이 철렁했지만 이내 온몸에 알 수 없는 힘이 솟아오르기 시작했다.

히메네즈를 응원하는 관중들의 목소리 하나하나가 들려왔고, 그라운드에 선 야수들의 긴장감이 온몸으로 느껴지는 듯했다.

하지만 처음 스킬을 사용했을 때와 달리 민우는 기분 좋은 느낌을 가볍게 뒤로 미뤄두었다.

민우는 이런 느낌에 취해서 좋을 것이 없다는 것을 잊지 않고 있었다.

민우는 두 눈을 또렷이 빛내며 마운드 위에 서 있는 투수, 히메네즈에게 온 정신을 집중하기 시작했다.

그러자 히메네즈가 손에 쥔 공의 실밥 하나하나까지 두 눈에 또렷이 보이기 시작했다.

'던져라. 그럼 난 칠 것이다.'

이런 건방진 말도 당당히 할 수 있을 것 같았다.

곧 로키스의 배터리가 사인 교환을 마치고 각자 준비 자세에 들어갔다.

이아네타는 미트를 앞으로 내밀었고, 히메네즈는 1루를 힐긋 바라보고는 빠른 키킹과 함께 강하게 공을 뿌렸다.

슈우우욱!

히메네즈의 손을 떠난 공이 민우의 눈에는 아주 천천히 움직이는 듯이 보였다.

'투심!'

회전이 걸린 공의 실밥 두 줄이 또렷이 보이며 투심 패스트볼임을 확신할 수 있었다.

바깥쪽 낮은 코스로 휘어져 나가는 공이었지만, 배트가 닿지 않을 거리는 아니었다.

탓.

판단과 동시에 민우의 앞다리가 바닥을 강하게 디뎠다.

곧 매섭게 돌아가는 허리를 따라 배트가 날렵하게 돌아 나오며 강하게 휘둘러졌다.

그리고 홈 플레이트 앞에서 공과 배트가 맞닿는 순간.

따아아악!

공이 터져 버린 것은 아닐까 싶을 정도로, 너무나도 강렬한 타격음이 쿠어스 필드에 울려 퍼졌다.

모았던 힘을 하나도 남김없이 온전히 타구에 실었다는 듯, 민우의 손에는 미약한 떨림조차 느껴지지 않고 있었다.

잠시 제자리에 선 채 타구를 바라보던 민우는 곧 확신에 찬 표정을 지어 보였다.

'됐어.'

곧, 민우는 손에 쥐고 있던 배트를 옆으로 가볍게 던지고는 천천히 베이스를 돌기 시작했다.

귀를 찢을 듯한 타격음이 들려온 순간, 로키스의 팬들의 표정이 딱딱하게 굳어지며 타구를 쫓아 하늘로 고개를 들었다.

　반면, 관중석에 드문드문 앉아있던 다저스의 팬들은 자리에서 일어선 채, 양손을 들어 만세를 외치며 로키스의 팬들과 대조적인 모습을 보이고 있었다.

　하지만 모두의 머릿속에는 같은 단어가 떠오르고 있었다.

　'홈런.'

　ー5번 강민우! 1구부터 받아쳤습니다!! 좌익수 뒤로! 뒤로!

　하늘을 가를 듯한 기세로 크게 떠오른 타구는 큼지막한 포물선을 그리며 좌중간 방면으로 뻗어가고 있었다.

　좌익수가 최선을 다해 펜스까지 달려갔지만 곧 더 이상 나아갈 곳이 없다는 것을 깨닫고는 허탈한 시선으로 하늘을 바라봤다.

　'이런 미친⋯⋯.'

　펜스까지 도달했음에도 타구는 머리 위로 한참이나 먼 곳을 지나가고 있었다.

　그렇게 펜스를 지나 관중석까지 넘어간 타구는 관중석 뒤쪽에 자리한 로키스의 대형 로고를 그대로 강타했다.

　텅!

　타구를 쫓아 전방에서 하늘로, 그리고 다시 뒤쪽으로 고개를 돌렸던 관중들의 얼굴이 경악으로 물들어갔다.

곧 그들 사이로 타구가 떨어진 뒤 튕기며 굴러갔지만, 너무나도 강렬한 홈런의 충격 때문인지 누구 하나 그 공을 잡을 생각을 하지 못하고 있었다.

—펜스! 넘어갑니다!! 와~ 엄청난 비거리의 홈런이 나왔습니다! 좌측 전광판 위쪽에 자리한 로키스의 상징을 그대로 강타하는 강민우 선수의 큼지막한 타구! 로키스 팬들을 그대로 충격에 빠뜨리고 맙니다. 스코어는 다시금 벌어지며 0 대 5! 로키스로서는 뼈아픈 홈런이 되겠습니다.

—히메네즈의 초구는 투심 패스트볼로 바깥쪽 낮은 코스로 흘러나가는 그런 공이었는데요. 강민우 선수는 마치 그 공을 기다렸다는 듯, 가차 없이 배트를 휘둘러 정말 엄청난 비거리의 홈런을 만들어냈습니다.

—저 부근 펜스가 대략 360피트(110m) 정도 될 텐데요. 와… 로키스의 로고가 상당히 높은 위치에 자리하고 있는 점을 감안한다면 이번 타구의 비거리는 거의 500피트는 나왔다고 봐도 되겠는데요?

—예. 정말 보고도 믿을 수가 없는 홈런입니다. 만약 방향이 조금만 옆으로 향했다면 또 한 번의 장외 홈런이 나왔을 정도의 엄청난 홈런이었습니다. 이 홈런으로 강민우 선수는 시즌 17호 홈런을 만들어내며 내셔널리그 9월 월간 홈런 신기

록을 달성함과 동시에 아메리칸리그의 기록과도 타이를 이룹니다! 그리고 놀라지 마십시오. 메이저리그 역사를 통틀어 좌타자의 전체 월간 홈런 기록이 17개였는데요. 바로 지금! 강민우 선수가 그 기록과도 타이기록을 세웠다는 사실입니다.

─그게 정말입니까? 와하하! 이거 정말 믿을 수가 없군요. 도대체 그가 한 달 동안 세운 기록이 몇 개인지 앞으로 얼마나 더 대단한 기록을 세울지 너무나도 기대가 되면서도 무서울 정도입니다.

두 타석 연속으로 초구를 통타당한 히메네즈는 다이아몬드를 도는 민우의 모습을 허탈한 시선으로 바라보고 있었다.

민우는 빠르게 홈을 밟으며 모두에게 보란 듯이 하늘로 총을 쏘는 듯한 세레머니를 보이고 있었다.

그 모습이 히메네즈의 눈에는 너무나도 얄미워 보였다.

아직 경기는 2이닝이 넘게 남아있었지만, 이미 자신의 20승 기록은 민우의 홈런과 함께 멀리 날아간 뒤였다.

민우가 다저스의 선수들과 기쁨을 나누는 모습을 바라보던 히메네즈는 곧 마운드로 다가오는 포수, 이아네타의 모습에 애꿎은 마운드만 발로 푹푹 찍어 누를 뿐이었다.

보지 않아도 교체 타이밍이라는 것을 알 수 있었다.

"히메네즈. 너무 신경 쓰지 마. 가끔은 이런 날도 있는 거야. 오늘은 저 녀석의 운이 좋았을 뿐이라고."

이아네타는 히메네즈를 위로하려는 듯, 연신 독려의 말을 하며 히메네즈의 어깨를 두드렸다.

하지만 그 어떤 위로도 히메네즈의 마음을 가볍게 해주지는 못하고 있었다.

곧, 마운드로 올라온 감독에 의해 히메네즈가 강판되고 불펜 투수인 모랄레스가 마운드를 이어받았다.

모랄레스는 안타 하나를 얻어맞긴 했지만, 세 개의 아웃 카운트를 깔끔하게 채우며 길고도 짧았던 7회 초를 추가 실점 없이 마무리 지었다.

이후 7회 말, 로키스의 4번 타자인 툴로위츠키가 릴리에게 솔로 홈런을 때려내며 로키스는 영봉패를 면할 수 있었다.

그리고 이날은 팀의 승리와 민우의 신기록 행진에 더해 다저스 팬들이 시즌 내내 꿈꿔왔던 하나의 소원을 이루어준 날이기도 했다.

*   *   *

다저스와 로키스의 경기가 끝난 뒤, 타구장의 소식들이 하나둘 전해지기 시작했다.

그리고 모든 일정이 끝난 뒤 실시간으로 업데이트되는 뉴스를 확인한 다저스의 팬들은 믿을 수 없다는 듯, 펍에서 술잔을 부딪치며, 거리에서 서로를 끌어안으며, 집에서 만세를 부르며 환호성을 내질렀다.

〈다저스 '신성' 강민우. 시즌 17홈런으로 NL 9월 월간 홈런 신기록 달성. AL 기록과도 타이.〉

〈다저스, 로키스 1차전 승리로 NL 서부 지구 1위 등극. 2위 자이언츠, 파드리스와는 0.5게임차. '끝날 때 까지 끝난 게 아니다.'〉

민우의 9월 월간 홈런 신기록 달성 소식과 함께 전해진 다저스의 지구 1위 소식은 다저스의 팬들을 흥분의 도가니에 빠뜨리기에 충분했다.

내셔널리그 서부 지구 순위표의 가장 상단에는 그동안 아랫물에서 놀던 LA다저스의 이름이 당당하게 적혀 있었다.

이날까지 시즌 성적은 86승 71패.

지난 경기까지 0.5게임차로 1위를 고수하고 있던 파드리스가 1패를 기록하며 아슬아슬하던 순위가 기어코 뒤집어진 것이었다.

특히 민우는 이날, 수비에서 멋진 홈 보살을 기록하며 실점을 막아냈고, 타석에서는 두 개의 장타로 5점을 만들어냈다.

다저스의 모든 점수를 민우가 책임졌다고 해도 과언이 아니었다.

각종 중계방송을 통해서 경기를 지켜본 이들부터, 그 소식을 입에서 입으로 전해들은 이들은 모두 민우가 상대 팀이 아닌 다저스 소속이라는 것에 감사함을 느끼고 있었다.

이처럼 다저스 팬들 사이에서 끝을 모르고 올라가던 민우의 인기는 리그 1위 달성이 결정타가 되어 과거의 켐프와 비교할 수 없을 정도로 높아져 있었다.

그리고 그런 팬들 사이에서 다저스의 지구 우승 가능성을 예측했던 브라운 기자는 어느새 예언자로 칭송받고 있었다.

*   *   *

1차전에서 민우가 보여준 임팩트가 너무나도 강렬해서일까.

로키스는 다저스와의 3연전을 반등의 기회로 삼기는커녕 이전부터 이어지던 하락세를 오히려 가속시키고 말았다.

2차전에서 민우는 또 하나의 홈런을 쏘아 올리며 아메리칸 리그 9월 월간 홈런 신기록마저 달성하며 '9월의 사나이'라는 별명을 추가했다.

하지만 3차전에서는 아쉽게도 홈런을 쏘아 올리지 못하며 새미 소사의 20홈런 기록에 2개가 모자란 기록으로 9월을 마무리하고 말았다.

민우의 9월 최종 성적은 83타석 75타수 44안타 18홈런 53타점 35득점에 타율 0.586이었다.

그 누구도 쉬이 믿을 수 없는 기록이었다.

하지만 일부는 민우의 그런 기록에 아쉬움을 표하기도 했다.

9월 한달간 18개의 홈런을 때려낸 것은 정말 너무나도 엄청난 기록이었다.

하지만 그보다 더 놀라운 사실은 민우가 9월 초반, 대타로 출전하거나 결장한 경기가 있었다는 것이었다.

팬들의 입장에서는 대단하다고 생각하면서도 한편으론 아쉬울 수밖에 없었다.

만약 혹시라도 9월 초반의 그 공백이 없었더라면 민우가 새미 소사의 월간 20홈런 기록을 거뜬히 뛰어넘지 않았을까 하는 것이 팬들의 생각이기도 했다.

하지만 이미 지나간 일이기도 했다.

민우의 기록은 아쉽게 끊어졌지만 아직 팬들을 흥분하게 만드는 목표가 남아 있었다.

월드시리즈 우승.

이는 다저스를 응원하는 모든 팬들이 바라는 꿈이기도 했다.

그리고 그러기 위해서는 2위 자리에서 바짝 쫓아오고 있는 자이언츠를 떨쳐내고 지구 우승을 확정하는 것이 최우선 과제이기도 했다.

하지만 내셔널리그 서부 지구 우승의 향방은 아직까지 안개 속에 가려져 있었다.

제5장

홈런볼, 그것은 마성의 과자

공항의 게이트가 열리는 순간.

"꺄아아아아!!"

"여기 좀 봐줘요!"

"사랑해요~"

"멋있어!!"

시즌 마지막 원정 일정을 끝내고 홈으로 돌아온 다저스의 선수들은 공항에 몰려나온 환영 인파를 보고는 가볍게 미소를 지은 채, 손을 흔들어주었다.

마치 월드시리즈 우승이라도 한 것과 같은 환대에 기분이 좋아지는 것은 어쩔 수 없었다.

민우의 앞쪽에 서있던 기븐스는 뒤를 돌아보며 한 마디를 내뱉었다.

"민우야. 이렇게 된 거 월드시리즈도 부탁한다."

"예?"

기븐스의 말에 어색하게 손을 흔들던 민우가 황당한 표정을 지어 보였다.

그러자 기븐스는 배트를 휘두르는 시늉을 하며 씨익 웃어 보이고는 앞으로 나아가기 시작했다.

민우는 그런 기븐스의 뒷모습을 황당하게 바라보면서도 빠르게 그 뒤를 따랐다.

약간의 지체가 있었지만, 다저스의 선수들은 인파를 뚫고 각자의 숙소로 향할 수 있었다.

그렇게 9월의 마지막 날, 단 하루였지만 달콤한 휴식일을 맞이한 선수들은 각자의 방법으로 원정길에 쌓였던 피로를 달랬다.

다저스는 10월 1일부터 3일까지 시즌 마지막 일정인 디백스와의 홈 3연전을 남겨두고 있었다.

어느덧 익숙해진 다저스타디움의 라커 룸에 들어선 민우는 자신의 라커 앞쪽에 수북이 쌓인 박스를 보고는 고개를 갸웃거렸다.

"웅? 이게 뭐야?"

주변을 둘러보았지만 경기장에 가장 먼저 도착한 나머지 그 정체를 알려줄 동료는 아무도 없었다.

대신 민우의 곁에는 민우를 경기장까지 데려다준 프로도가 싱글벙글한 미소를 보이고 있었다.

"지금까지 온 선물이에요. 미국에서 온 것도 있고, 바다 건너서 온 선물도 있더라고요. 강민우 선수가 원정 경기를 떠난 다음부터 엄청나게 쏟아지더니 벌써 이만큼이나 모였어요."

"아, 그렇군요."

프로도의 이야기에 민우가 가볍게 고개를 끄덕였다.

사실 선물은 민우가 센세이션을 일으키면서부터 하나둘씩 날아오기 시작했었다.

하지만 그 대부분이 편지였고, 이정도로 많은 양이 쌓인 적이 없었기에 민우가 고개를 갸웃거리고 있는 것이기도 했다.

그러던 민우의 뇌리에 문득 원정 경기를 떠날 때, 벌칙으로 거리에 버려졌던 일이 떠올랐다.

기븐스에 의하면 SNS에서 민우가 일약 유명인사가 되었다고 했었다.

'에이… 설마……'

순간 민우는 등골이 오싹한 느낌에 흐르는 식은땀을 가볍게 훔치고는 프로도를 바라보며 어색하게 웃어보였다.

"혹시 저 안에 뭐가 들었는지… 알아요?"

민우의 물음에 프로도가 가볍게 고개를 저었다.

"강민우 선수 앞으로 온 건데 제가 마음대로 열어보면 안 되잖아요. 박스 단위로 온 것도 있던데, 아마 특별한 선물 같은 걸 보낸 게 아닐까요?"

프로도의 이야기에 민우는 다시금 온몸을 타고 흐르는 긴장감에 어색하게 웃어 보일 수밖에 없었다.

"그런… 걸까요?"

"그럼요. 지금 열어보실래요? 아니면 경기 끝나고 확인하실래요?"

민우는 순간 박스 안에 팅커벨 의상과 맞먹는 무언가가 담겨 있지 않을까 하는 걱정에 사로잡혔다.

하지만 이내 고개를 빠르게 털고는 프로도를 향해 의지를 담은 눈빛을 보냈다.

"지금 보죠."

그러면서도 민우는 짐짓 떨리는 손길로 첫 번째 박스를 조심스럽게 열어보았다.

두 개의 시선이 박스 안으로 향한 순간.

"와~ 이거 전부 다 편지네요?"

"아… 그러네요. 편지네요. 하하."

박스의 내용물을 확인한 프로도가 감탄과 부러움이 섞인 눈빛으로 편지와 민우를 번갈아 바라봤다.

민우는 짐짓 안도한 듯한 표정으로 아직 쌓여 있는 다른 상자들을 천천히 훑어보았다.

'나머지도 다 편지인가?'

첫 상자의 안도감으로 인해 궁금증이 곧 두려움을 이겨냈다.

이후 민우는 나머지 상자들을 하나하나 확인하기 시작했다.

처음의 우려와 달리 상자 안에는 정성스러운 편지부터 시작해서 다양한 종류의 선물들이 담겨 있었다.

'괜히 긴장했네.'

이 상자, 저 상자를 살피던 민우가 한글이 쓰여진 상자를 발견했다.

'어라?'

조금은 무게감이 느껴지는 상자를 열기 전, 민우는 상자의 겉에 쓰여 있는 하나의 이름을 보고는 어색하게 웃어 보였다.

'수지?'

박수지.

민우가 알고 있는 수지라는 이름은 사회인 야구단에 잠시 몸을 담았을 때 인연을 맺었던 박천강 감독의 딸, 수지밖에 없었다.

그리고 상자 겉에 꾸며져 있는, 혀를 배꼼 내밀며 메롱을 하는 그림과 그 옆에 '연락도 안하고! 치사해! 베~'라는 글씨가 민우가 아는 수지임을 확신시켜 주고 있었다.

'아하하…… 이거 미안하네.'

사실 야구를 다시 시작할 수 있게 만들어준 사람들이었기에 항상 잊지 않고 있었다.

시즌이 끝나면 한국으로 돌아갈 예정이었기에 바로 찾아갈 생각이었지만, 이렇게 먼저 눈치가 담긴 선물을 받고 나니 괜스레 미안함이 느껴졌다.

곧 수지가 보낸 상자의 내용물을 확인한 민우의 눈빛이 살짝 밝아졌다.

"과자네?"

박스 안에는 한국에서 즐겨먹던 과자들이 빼곡히 담겨 있었다.

사실 한국 과자라도 한인 마트 같은 곳에 간다면 얼마든지 구할 수야 있었다.

하지만 자가용이 없는 민우였기에 과자를 먹기 위해 일부러 프로도에게 부탁을 하기에는 미안한 감이 없지 않아 생각조차 하지 않고 있었다.

그런 걸 다 제쳐 두더라고 이렇게 한국에서 직접 자신을 챙겨주는 것이 더욱 고마울 따름이었다.

'학교는 잘 다니고 있으려나?'

"와~ 이건 한국 과자인가 봐요? 한국 팬들은 정성이 참 대단하네요."

민우가 생각에 잠긴 사이 상자 안에 든 과자를 살피던 프로도가 곧 한 과자를 들어 보였다.

"이건 무슨 과자에요? 초콜렛이 들어 있는 건가? 맛있어 보이네요. 캐릭터가 헬멧이랑 배트를 들고 있네요?"

"아. 홈런볼이네요. 이거 엄청 맛있어요."

"홈런볼이요?"

민우의 설명에 프로도가 배트를 휘두르는 시늉을 하며 웃어 보였다.

그 모습에 민우도 피식 웃어 보이고는 고개를 끄덕였다.

"하나 먹어볼래요?"

민우의 물음에 프로도가 빠르게 고개를 끄덕였다.

곧 포장을 뜯어 민우가 건네는 동그라면서도 조그마한 과자를 잠시 살피던 프로도가 곧 과자를 입에 넣고 오물거리기 시작했다.

그러고는 잠시 뒤, 살짝 놀란 표정을 지으며 엄지손가락을 들어 보였다.

"오오~ 이거 입에서 살살 녹는데요?"

"맛있죠? 제가 제일 좋아하는 과자예요."

"으음~ 맛있네요."

그렇게 민우와 프로도가 과자를 나눠 먹고 있는 사이, 선수들이 하나둘 라커 룸으로 들어서기 시작했다.

"오~ 민우! 그게 다 뭐야? 선물이야?"

"이야~ 인기가 장난이 아닌데?"

"와~ 뭐야 이게? 다 먹을 거잖아?"

"뭐라고 쓰여 있는지는 모르겠지만, 편지도 겁나 많아."

선수들은 마치 자기들이 받은 것처럼 뚜껑이 열린 상자를 가볍게 뒤적거리며 한마디씩을 내뱉고 자신들의 라커로 향했다.

"손에 든 건 무슨 과자야? 맛있어 보이는데."

민우의 단짝 아닌 단짝, 기븐스가 민우의 손에 들린 과자에 관심을 보였다.

민우는 순간 재미있는 생각이 떠오른 듯, 기븐스를 바라보며 웃어 보였다.

"아, 이거요? 홈런볼이라고 한국 과자예요."

"홈런볼?"

"네. 우리나라에서 제일 유명한 과자인데 홈런 타자를 꿈꾸는 선수들은 이 과자를 먹고 자라요. 저도 이걸 먹고 자라서 홈런을 뻥뻥 때려내는 거예요."

민우의 황당한 이야기에 기븐스는 그걸 믿으라는 거냐는 눈빛으로 민우를 바라봤다.

하지만 민우가 진지한 표정으로 계속해서 홈런볼을 주워 먹는 손을 바라보더니 무언가를 떠올린 듯한 표정을 지어 보였다.

'그러고 보니… 데뷔한 지 얼마 되지도 않았는데 홈런이 벌써 18개잖아. 연속 홈런 기록의 비결이 저거일지도 모르고… 이거 밑져야 본전 아니겠어?'

민우는 고뇌하는 듯한 기븐스의 표정을 바라보며 속으로 피식 웃고 말았다.

'설마 진짜로 믿으시는 건가?'

민우를 뚫어져라 바라보던 기븐스는 돌연 환한 미소를 지었다.

"엇험. 좋은 건 나눠 먹어야지?"

곧 민우의 손에 들린 홈런볼을 한 움큼 입에 쑤셔 넣고는 우적우적 씹으며 기분 좋은 표정을 지어 보였다.

"맛있네. 고마워, 민우. 이런 귀한 걸 나눠줘서."

"어어……. 예, 뭐. 많이 드세요."

잠시 황당한 얼굴을 해 보인 민우가 곧 피식 웃으며 기븐스에게 남은 홈런볼을 넘겼고, 기븐스는 싱글벙글한 표정으로 홈런볼을 받아 들고는 자신의 라커로 향했다.

'이러고 진짜로 홈런 치면 웃기겠는데.'

잠시 그런 생각을 하던 민우는 피식 웃으며 고개를 저었고, 빠르게 환복을 하기 시작했다.

*   *   *

디백스와의 마지막 3연전의 첫 경기는 디백스의 선발투수는 원투펀치 중 한 명인 허드슨으로 예정되어 있었다.

하지만 경기 전 훈련 도중 손가락에 통증을 느낀 허드슨이 경기에 나설 수 없게 되면서 디백스는 급히 임시 선발투수로 잭 크론케라는 생소한 투수를 내세웠다.

최고 구속 93마일의 느린 포심 패스트볼을 주로 던지며 비슷한 구속의 투심에 80마일 중 후반대의 슬라이더, 체인지업을 섞어 던지는 투수였다.

하지만 9월에야 메이저리그로 갓 승격한 투수였고 다저스와는 한 번도 상대해 본 적이 없었기에 그 정보가 부족한 편이었다.

기록만 살펴보면 불펜으로만 2경기에서 1.2이닝 동안 홈런 하나를 포함해 7개의 안타를 맞으며 4실점을 했던 투수였다.

생소하지만 좋지 않은 기록의 투수였기에 다저스의 선수들은 그리 큰 부담 없이 경기에 임하고 있었다.

하지만 변수는 의외의 곳에 자리하고 있었다.

오늘 경기에서 다저스의 선발투수가 일라이라는 점이었다.

지난 디백스 원정 1차전에서 무려 3개의 홈런을 맞으며 7실점을 했던 투수가 바로 일라이였다.

오랜만에 다저스타디움을 찾은 팬들은 오늘 경기가 난타전이 되는 것은 아닐까 하는 걱정과 함께, 혹시라도 최하위 팀인 디백스에게 발목이 잡히는 것은 아닌가 하는 우려를 가진 채 경기에 집중하기 시작했다.

첫 번째 점수는 의외의 곳에서 터져 나왔다.

1회 말.

캐롤이 크론케의 4구째 슬라이더를 가볍게 건드려 1루를 밟은 상황이었다.

그리고 타석에는 자신만만한 얼굴의 기븐스가 들어서고 있었다.

"기븐스가 아까부터 싱글벙글이던데? 왜 저러는지 알아?"

오늘 경기에서 여전히 벤치를 지키고 있는 존슨의 물음에 민우가 어색하게 웃어 보였다.

"글쎄요… 뭐, 홈런을 때릴 때가 왔다고 하던데……."

민우의 말에 존슨이 '풉' 하고 웃음을 터뜨렸다.

"뭐? 홈런? 저 기븐스가? 에이~ 기븐스가 홈런을 때리면 내가……."

따아악!

존슨의 말이 채 끝나기도 전에 그라운드에서 큼지막한 타격음이 울려 퍼졌고, 민우와 존슨의 시선이 동시에 그라운드로 향했다.

큼지막한 포물선을 그리며 높이 떠오른 타구가 좌측으로 훌쩍 날아가고 있었다.

타석에서 잠시 선 채로 자신의 타구를 바라보던 기븐스는 정말 오랜만에 느껴지는 강렬한 손맛에 희미하게 미소를 짓고 있었다.

─아~ 큽니다! 커요! 밀어 친 타구가 쭉쭉 뻗어서~ 펜스를~ 넘어~ 갑니다! 기븐스의 홈런! 올 시즌엔 홈런을 거의 때려내지 못했었는데요. 오늘 경기에서 정말 오랜만에 손맛을 보는 기븐스입니다!

천천히 베이스를 돌아 3루에 이른 기븐스가 민우를 가리키며 미소를 지어 보였다.

민우는 그런 기븐스를 바라보며 어색하게 웃어 보였다.

'진짜로 홈런을 때려 버리셨네.'

"존슨. 아까 뭐라고 하다 말았죠?"

민우의 물음에 기븐스를 바라보며 환호성을 지르고 있던 존슨의 얼굴이 급격히 굳어졌다.

"어? 어. 기븐스가 홈런을 때리면 내가 정말 축하해 줄 거라고. 와하핫! 나이스! 기븐스!!"

존슨은 그 말과 함께 더그아웃으로 들어서는 기븐스에게 달려들어 등을 마구 두드려 주었다.

존슨의 격한 축하에 마주 웃어 보이던 기븐스는 곧 민우에게로 달려와 그 어깨를 가볍게 두드렸다.

"흠흠. 이렇게 좋은 게 있으면 앞으로 나눠 먹자고. 아직 많이 남아 있지?"

"아… 예……."

"후후후……."

기븐스는 홈런볼로 인해서 홈런을 쳤다고 진심으로 믿는 눈치였고, 그 모습에 민우는 어색하게 웃으며 고개를 끄덕일 수밖에 없었다.

'뭐, 좋은 게 좋은 거겠지.'

좋은 결과가 나올 수만 있다면 무언가에 기대는 것도 나쁘지 않았다.

기븐스에겐 홈런볼이 그 대상이 되어버린 것 같았지만 말이다.

민우는 곧 스스로의 생각이 웃긴지 피식 웃고는 그라운드로 시선을 돌렸다.

기븐스의 기습적인 홈런 이후, 크론케는 후속 두 타자를 중견수 플라이와 삼진으로 어렵게 돌려세우며 2아웃을 잡은 상태였다.

그리고 타석에는 디백스를 공포로 몰아넣었던 주인공, 민우가 들어서 있었다.

하지만 몇 개의 공이 오고 간 뒤, 민우의 얼굴은 그리 좋지 않았다.

슈우욱!

팡!

"볼."

또 하나의 공이 아래쪽으로 크게 꺼지는 모습에 민우가 발을 풀며 가볍게 고개를 저었다.

3볼 노 스트라이크.

초구는 적당히 걸치는 듯하더니 2구와 3구는 공 하나 이상을 빼면서 민우가 배트를 돌릴 생각조차 들지 않게 하고 있었다.

'스트라이크를 넣을 생각이 없나 본데.'

첫 타석부터 이렇게 대놓고 공을 빼는 모습을 본 것이 얼마만인지 기억이 나지 않았다.

아무래도 마지막 3경기에 지구 우승이 달려 있는 상황이어서인지 지구 라이벌이 우승하는 모습을 보지 않기 위해 대놓고 초를 칠 생각인 것인지도 몰랐다.

'9월에는 여러 가지 기록들이 걸려 있어서 이렇게 하지 않았던 건가?'

민우가 그런 의문을 가지고 있을 때, 더그아웃에서 그라운드를 바라보던 디백스의 감독 대행, 깁슨은 굳은 표정을 짓고 있었다.

'어차피 다저스 타선의 반은 저 녀석이니까, 저 녀석에게 정타를 때릴 기회를 주지 않으면 반은 먹고 들어가는 거다. 여기에 타선이 일라이를 적당히 두들긴다면 오늘 경기는 충분히 가져갈 수 있을 거야.'

깁슨의 생각은 이미 경기 전, 배터리에게 전해진 상태였다.

그리고 그들은 감독의 지시를 충실히 따르고 있었다.

'우리를 샌드백 취급하는 놈들에게 우리가 아직 죽지 않았다는 걸 보여주려면, 무슨 수를 써서라도 다저스를 꼬꾸라뜨린다.'

곧, 크론케의 손을 떠난 4번째 공이 완전히 바깥으로 휘어져 나가 버렸다.

"베이스 온 볼스!"

스트레이트 볼넷을 얻어낸 민우는 지체 없이 배트를 옆으로 던지며 1루를 향해 천천히 달려 나갔다.

곧 장갑을 벗어 1루 코치에게 건네준 민우는 조금씩 리드폭을 벌려갔다.

'첫 타석부터 이런 식이면… 다음 타석도 이러지 말라는 법은 없는데.'

2아웃에 주자 없는 상황에서 굳이 자신을 볼넷으로 내보냈다는 것은 시사하는 바가 컸다.

상대에게 물어보지 않아도 오늘 경기에서 민우를 철저하게 견제하겠다는 뉘앙스를 첫 타석부터 가득 풍기고 있었기 때문이다.

'내 입으로 이런 말을 하기는 조금 그렇지만… 날 고의 사구로 내보내면 저들에게 실보다는 득이 많다고 생각하고 있는 게 뻔하다. 그렇다는 건 이후에도 날 고의 사구로 내보낼 가능성은 충분히 높다는 거지. 흐음……'

상대가 작정하고 스트라이크를 던지지 않는다면 민우로서

는 타석에서 할 수 있는 일이 없었다.

어정쩡한 공에 괜히 배트를 휘둘렀다가 아웃이라도 당한다면 그것만큼 억울하고 팀에 피해를 주는 일 또한 없기 때문이었다.

'그렇다고 가만히 있을 수도 없고… 일단은 1루에 나왔으니 뭐라도 해야겠지.'

민우는 타석으로 들어서는 블레이크의 모습에 복잡하던 머릿속을 빠르게 비웠다.

그리고는 곧 리드 폭을 서서히 벌려가기 시작했다.

고의 사구는 아니었다.

하지만 대충 눈치가 있는 사람이라면 고의 사구나 다름없다는 것을 알 수 있을 정도로 크론케의 마지막 공은 노골적으로 바깥쪽을 향하고 있었다.

다저스의 팬들은 근 일주일 만에 다저스타디움에서 치러지는 경기를 직관하게 된 것이었고, 그들의 제일 관심사는 민우의 시원한 홈런포였다.

하지만 그런 기회조차 주지 않으려는 크론케의 투구였기에 일부 팬들은 벌써부터 '우-우' 하는 야유를 보내며 크론케를 질타하고 있었다.

하지만 이제 첫 타석이었고, 아직 최소 3번의 타석은 더 돌아올 것이라고 생각하고 있었다.

그랬기에 팬들은 가벼운 야유를 보내는 정도에서 그치고는 곧 다음 타자인 블레이크를 응원하는 목소리를 내기 시작했다.

민우가 있기 이전에 다저스 타선에서 펀치력을 가진 몇 안 되는 타자 중 한 명이 바로 블레이크였다.

"블레이크! 저 건방진 루키 녀석을 뭉개 버려!"

"이제 갓 승격한 꼬맹이한테 얕보이지 말라고!"

"블레이크~ 홈런!"

그리고 그 목소리를 듣는 블레이크 역시 은근히 자존심이 상한 듯한 눈빛으로 크론케를 노려보고 있었다.

데뷔한 지 한 달이 채 되지 않았음에도 민우의 실력이 자신보다 월등히 앞선다는 것은 이미 충분히 잘 알고 있었다.

하지만 어떠한 이유가 됐건, 그 누가 됐든 간에 앞선 타자를 고의 사구로 내보내고 자신을 상대하기로 결정했다는 것은 팀의 중심 타자라는 자존심에 금이 갈 만한 일이었다.

다저스의 최고참인 나이만큼 쉽게 흥분하지 않는 블레이크였지만 그렇다고 이런 일을 그냥 넘어갈 만큼 무르지도 않았다.

'건방진 녀석. 내가 나이는 먹었어도 아직 한 방이 있는 타자라는 걸 모르는 건가.'

디백스의 포수, 몬테로는 크론케에게 빠르게 사인을 보내고는 블레이크에게로 시선을 돌렸다.

그러고는 블레이크의 굳어진 표정을 발견한 몬테로는 그대로 복잡 미묘한 표정을 지으며 1루를 힐끔 바라봤다.

'저 맹랑한 녀석이 여럿 자존심 상하게 하는구나. 우리는 우리대로 저 녀석을 피하고 있고, 블레이크는 자기가 얕잡아 보였다고 생각하고 더 힘을 낼 테니.'

그런 생각이 들자 몬테로는 가볍게 한숨을 내쉬었다.

'블레이크에서 멈추면 다행이지만… 이거 괜히 다저스의 사기만 올려주는 거 아닌가 모르겠네.'

끔찍한 생각이라는 듯, 고개를 가볍게 흔들던 몬테로는 크론케가 투수판을 밟으며 투구 준비를 하는 모습에 미트를 천천히 들어 올렸다.

슈우우욱!

크론케의 손에서 공이 뿌려지자, 뒤이어 블레이크의 배트도 매섭게 돌아 나왔다.

부우웅!

팡!

"스트라이크!"

패스트볼처럼 올곧게 날아오던 공이 뚝 떨어지며 블레이크의 배트를 가까스로 피했고, 곧 포수의 미트에 꽂히며 가죽이 울리는 소리를 내뱉었다.

공을 받은 몬테로는 곧장 1루를 견제하는 듯한 동작을 취했다.

하지만 민우는 가볍게 발을 구른 뒤, 다시 1루로 돌아가 있는 상태였다.

그 모습에 만족스러운 표정으로 고개를 끄덕인 몬테로가 몸을 돌려 크론케를 바라봤다.

"나이스 피칭!"

투수의 사기를 올려주는 칭찬을 빠뜨리지 않은 몬테로는 다시 자리에 쭈그려 앉으며 눈을 빛냈다.

'아직 벌어지지도 않은 일을 걱정해서 뭐하냐. 이미 지른 거, 최대한 막아보자.'

팡팡!

사인을 보낸 몬테로는 주먹으로 미트를 두드리고는 곧 앞으로 들어 보였다.

몇 개의 공이 더 오고간 뒤, 다시 한 번 크론케의 손이 뒤로 당겨졌다.

슈우욱!

타다다닷!

타이밍을 재던 민우는 크론케가 공을 뿌리는 순간 잽싸게 2루를 향해 스퍼트를 끊었다.

딱!

하지만 뒤이어 들려오는 투박한 타격음에 민우의 고개가 절로 하늘로 올라갔다.

'이런……'

머리 위로 크게 떠오른 공은 내야를 얼마 벗어나지 못하고 다시 떨어져 내리고 있었다.

2아웃 상황이었기에 민우는 속도를 늦추지 않은 채 2루 베이스를 지나갔지만 결과는 그 예상과 크게 다르지 않았다.

팍!

2루수의 글러브에 공이 꽂히는 소리가 들려왔고, 곧 디백스의 야수들이 모두 더그아웃을 향해 달려가기 시작했다.

민우 역시 아쉬움을 감춘 채, 곧장 기븐스가 전해준 글러브와 모자를 쓰고 자신의 수비 위치로 향했다.

3회 말 2아웃 상황, 다시 한 번 민우의 타석이 돌아왔다.

하지만 이번에도 디백스 배터리의 투구 패턴엔 변함이 없었다.

배트를 움찔거릴 만한 공이 하나 들어오긴 했지만, 말 그대로 움찔거릴 정도의 공일 뿐, 볼이 된 것은 변함이 없었다.

볼이 연속으로 3개가 들어오자, 다저스타디움을 찾은 다저스의 팬들의 얼굴에 설마 하는 표정이 들어차기 시작했다.

"이거 또 볼넷으로 내보내는 거 아니야?"

"2사 1루에서 민우를 상대하는 것보다 2사 1, 2루에서 블레이크를 상대하는 게 낫다 이건가?"

"이거 블레이크가 자존심이 꽤나 상하겠는데?"

슈우욱!

팡!

"베이스 온 볼스!"

뒤이어 또 하나의 공이 스트라이크존의 바깥으로 휘어져 나가 버리자 다저스타디움에 거친 야유 소리가 울려 퍼지기 시작했다.

"우-우-우-우!!"

"야, 이 겁쟁이! 민우가 그렇게 무섭냐!"

"비겁한 놈! 너 같은 놈은 마이너리그로 돌아가 버리라고!"

하지만 그런 야유에도 크론케는 묵묵히 로진백을 가볍게 털고는 공을 문지르며 포수의 사인을 기다릴 뿐이었다.

─4구는 볼이네요. 크게 빠지면서 강민우 선수는 스트레이트 볼넷으로 출루합니다.

─아~ 다저스타디움을 찾은 팬들이 일제히 야유를 쏟아내고 있습니다. 보통 볼넷으로 출루를 하더라도 어쨌든 출루를 하는 것이기 때문에 사실 그렇게 나쁜 것도 아니거든요. 지금은 두 점차로 이기고 있는 상황이기도 하고요. 그런데도 이런 반응이 나온다는 건… 아무래도 강민우 선수의 이미지 때문이겠죠.

─이미지라면… 홈런을 말씀하시는 건가요?

─예. 강민우 선수는 통쾌한 홈런 한 방이 있는 타자라는 이미지가 강하거든요. 사실 다저스가 9월 이전까지만 하더라도 플레이오프에 대한 희망이 그리 높지 않은 팀이기도 했고,

팀 상황도 그리 좋지 못했기 때문에 관중수가 계속해서 감소하고 있었거든요. 그때 혜성처럼 나타난 선수가 강민우 선수이고요. 이 선수가 홈런을 뻥뻥 쏘아대며 팬들을 매료시켰고, 그들을 다시 다저스타디움으로 이끌었다고 해도 과언은 아니라고 생각합니다. 그래서 지금의 이런 반응도 어느 정도 이해가 되는 것이기도 하고요.

─반대로 생각하면 이게 디백스의 작전 중 하나일 수도 있겠군요.

─그렇습니다. 크론케 선수가 홈런을 얻어맞긴 했지만 그래도 그 구위가 나쁜 선수는 아니거든요. 그럼에도 유독 강민우 선수에게는 스트라이크를 단 하나조차 주지 않고 있는데요. 지난 경기까지 강민우 선수의 장타율이 무려 1.553이거든요? 새미 소사가 월간 홈런 신기록을 세웠을 때의 장타율이 1.035이었다는 걸 생각하면… 디백스는 강민우 선수를 사람이 아닌 헐크 정도로 생각하는 것이 아닌가 싶습니다.

─그 말씀은 지금의 이 볼넷에 벤치에서의 지시가 있었다고 볼 수 있다는 말씀이신 건가요?

─예. 제가 감독이라면 아마 그러지 않았을까 싶습니다.

─알겠습니다. 첫 타석에서는 블레이크 선수가 얕은 플라이로 물러나면서 어느 정도 맞아떨어졌는데, 과연 이번 타석에서는 어떤 결과가 나올지 궁금하군요.

첫 타석과 달리 선행 주자가 있는 상황에서 1루 베이스를 밟은 민우였기에 벤치의 작전 지시가 없는 한 도루는 시도조차 할 수 없는 상황이었다.

이런 상황에서는 타석에 들어선 후속 타자, 블레이크를 믿고 기다릴 수밖에 없었다.

'블레이크. 하나만 날려줘요.'

민우뿐 아니라 다저스타디움의 모든 이들이 블레이크가 디백스에게 한 방을 먹여줬으면 좋겠다는 생각을 가지고 있었다.

하지만 모든 일이 마음대로 되는 것은 아니었다.

슈우욱!

따악!

크론케의 떨어지는 공을 가볍게 받아치며 경쾌한 타격음을 내뱉었다.

그 소리에 순간 다저스타디움의 모든 이들이 환호성을 내질렀다.

총알같이 쏘아진 타구는 내야를 뚫고 외야를 가를 것만 같은 기세였다.

하지만 찰나의 순간.

몸을 펄쩍 날린 유격수, 드류의 글러브가 타구의 앞으로 불쑥 튀어나왔다.

팍!

앞을 가로막힌 타구는 더 이상 뻗어나가지 못한 채, 그대로 드류의 글러브로 빨려 들어가고 말았다.

곧 드류는 혹여나 공을 흘리지 않기 위해 글러브를 꼭 쥔 채로 바닥으로 떨어져 내렸다.

"와아아… 아아……."

"우와아… 하아……."

아웃.

너무나도 순식간이었다.

그 누가 봐도 정확한 캐치였다.

"아아!!"

손에서 느껴지는 짜릿한 감각을 느끼며 1루를 향해 내달리던 블레이크가 속도를 줄이며 얼굴 가득 아쉬움을 가득 드러내고 있었다.

타구가 쏘아진 순간 2루를 향해 내달렸던 민우 역시 허탈하긴 마찬가지였다.

'하아… 이건 블레이크가 잘 쳤는데… 저걸 잡아버리네.'

타자가 타구를 날려 보낸 뒤에는 더 이상 타구에 관여할 수가 없었다.

잔디의 상태, 바람의 방향, 세기, 야수의 컨디션에 따라 타구가 잡힐 수도 있고, 빠져나갈 수도 있는 것이었다.

잘 쳤지만, 잘 잡았다고밖에 표현할 수 없는 상황이었다.

다저스의 모든 선수들이 그 사실을 알고 있었기에 아쉬움을 뒤로한 채, 빠르게 수비로 전환하기 시작했다.

잠시 소강상태에 빠져 있던 경기는 4회 초, 디백스의 타선이 폭발하며 다시금 끓어오르기 시작했다.

직전 이닝에서 호수비를 보였던 드류가 안타를 때리며 1루를 밟았고, 후속 타자인 영이 중견수 플라이로 물러나며 잠시 주춤거렸다.

하지만 주춤거림은 잠시였다.

따아악!

따아악!

민우는 연속해서 두 개의 타구가 좌, 우측 펜스를 각각 넘어가는 모습을 바라보며 가볍게 한숨을 쉬었다.

3번 타자 존슨에 이은 4번 타자 라로쉬의 백 투 백 홈런이 터져 나온 것이었다.

투런 홈런과 솔로 홈런으로 3점을 뽑아내며 다저스는 한 점차 역전을 허용하고 말았다.

이후 일라이는 5, 6번 타자를 삼진과 중견수 플라이로 막아내며 추가 실점 없이 이닝을 마무리 지었다.

순식간에 무너져 버린 일라이의 모습에 다저스타디움을 가득 메운 다저스의 팬들은 우려의 목소리를 내고 있었다.

"이거 이러다 진짜 디백스한테 발목 잡히는 거 아냐?"

"에이. 설마. 이제 겨우 4회인데 뭘. 강민우도 최소 두 타석은 더 나올 거야."

"너도 봤잖아. 디백스 저 야비한 놈들이 강민우를 상대도
안 해주는 거."

"그거야 그렇지만… 설마 한 타석도 제대로 상대를 안 해주
겠어?"

"그거야 모르는 거지. 벌써부터 물귀신 작전을 쓰고 있는
데……."

대화가 오고 갈수록 팬들의 얼굴엔 시름이 깊어져만 갔다.

다저스는 1회, 기븐스의 기습적인 투런홈런 이후 기세를 이
어가지 못한 채 디백스 선발 크론케에게 의외로 고전하는 모
습을 보이고 있었다.

4회 말, 하위 타선이 삼자 범퇴로 물러서고 말았고 5회 말,
타순이 두 바퀴를 돌아 타석에는 선두 타자로 1번 타자인 캐
롤이 들어섰다.

슈우욱!

크론케의 손에서 뿌려진 공을 따라 캐롤의 배트가 돌아가
는 순간, 공이 스트라이크존의 아래로 부드럽게 떨어져 내렸
다.

딱!

허리가 빠진 채, 어정쩡한 자세로 때려낸 타구의 질은 그리
좋지 않았다.

가볍게 두어 번 바운드된 타구는 2루수의 글러브로 빨려 들어갔고, 2루수는 가볍게 스텝을 밟은 뒤 1루로 공을 뿌렸다.

팍!

"아웃!"

가볍게 아웃 카운트 하나를 다시금 늘려가는 크론케의 모습은 다저스의 팬들의 마음속에 설마가 사실이 되지는 않을까하는 불안감을 조금씩 키워가고 있었다.

위기 뒤에 기회가 온다는 말이 무색할 정도로 다저스 타선은 무력한 모습이었다.

그리고 그 모습을 바라보는 민우 역시 그리 마음이 편할 수는 없었다.

'뭐라도 해야 하는데… 볼만 주는 투수를 상대하는 방법은 정말 없는 건가?'

머리로는 방법이 없다는 것을 알고 있었다.

하지만 혹시나 방법이 있지는 않을까 하는 생각에 계속해서 머리를 굴리고 있었지만 답이 없기는 마찬가지였다.

스트라이크존 안쪽으로 들어오는 공도 범타가 되는 경우가 수두룩했다.

하물며 스트라이크존의 바깥으로 날아오는 공을 배트의 스위트 스폿에 맞히는 것은 더더욱 어려운 일이었다.

결국 지금 당장 민우가 할 수 있는 것은 누상에 나가서 빠른 발로 베이스를 훔치는 것뿐이었다.

하지만 아무리 빠른 발을 자랑하는 민우라고 해도, 3루까지가 한계였다.

홈을 밟기 위해 성공 확률이 희박한 홈스틸을 노리던가, 후속 타자의 도움이 필요할 수밖에 없었다.

'하아… 답답하네.'

답답한 마음에 민우가 머리를 감싸 쥔 순간.

따아아악!

경쾌한 타격음이 민우의 귓가를 울리며 그 정신이 번쩍 들게 만들었다.

퍼뜩 고개를 들어 올린 민우는 배트를 든 채, 하늘을 바라보고 있는 기븐스와 주변에서 들려오는 환호성을 느끼고 나서야 무슨 일이 벌어졌는지 알 수 있었다.

'설마……'

기븐스가 때려낸 타구는 우측으로 휘어져 날아가고 있었다.

그리고 디백스의 우익수, 파라가 그 타구를 쫓아 열심히 펜스를 향해 달려가고 있었다.

곧 펜스 앞에 도달한 파라가 힘껏 점프를 하며 글러브를 높이 들었다.

하지만 간발의 차이로 글러브를 빗겨간 타구가 펜스를 넘어 팬들의 품속으로 파고들며 시야에서 사라졌다.

순식간에 벌어진 일에 더그아웃 난간에 매달리듯 기대어 있던 선수들이 일제히 환호성을 내질렀다.

"연타석 홈런이라니!"

"와하핫! 기븐스가 오늘 제대로 미쳤구나!"

"민우만이 아니라고~ 우리가 바로 다저스다!"

"오늘 이기면 기븐스가 히어로 인터뷰 한 번 하겠는데?"

민우 역시 믿을 수 없다는 듯, 다이아몬드를 돌고 있는 기븐스를 바라보며 어색한 미소를 지어 보였다.

'아하하… 설마 이것도 홈런볼 때문이라고…….'

기븐스는 3루 베이스를 밟고 지나가며 민우를 향해 강렬한 열망이 담긴 눈빛을 보내며 씨익 웃어 보였다.

'믿고 있어!'

빠르게 홈 플레이트를 밟으며 득점을 신고한 기븐스는 선수들과 빠르게 하이파이브를 나누고는 민우에게로 다가왔다.

그러고는 갑작스레 민우를 꽉 안았다.

갑작스러운 포옹에 당황한 표정을 짓던 민우의 귓가에 나긋나긋한 목소리가 들려왔다.

"사랑한다, 민우야~"

그 목소리를 듣는 순간, 민우는 온몸에 소름이 돋는 느낌에 순식간에 그 품을 빠져나와 뒷걸음질을 쳤다.

기븐스는 그런 민우의 반응에 음흉한 미소를 지으며 천천히 민우에게 다가가기 시작했고, 민우는 그 모습에 격하게 고개를 저으며 뒷걸음질을 쳤다.

하지만 곧 등에 닿는 차가운 느낌에 더 이상 피할 곳이 없다는 것을 깨달은 민우의 얼굴이 하얗게 질려갔다.

저벅저벅.

곧, 코앞으로 다가온 기븐스의 얼굴에 민우가 비명을 지르려는 순간.

따아아악!

그라운드에서 들려온 큼지막한 타격음이 모두의 시선을 사로잡았다.

기븐스에 이어 타석에 들어선 이디어가 센터 방면으로 뻗어가는 자신의 타구를 바라보고 있었다.

몇 초 뒤, 이디어의 타구는 힘을 잃지 않고 센터 펜스를 넘어 관중석 하단에 꽂히며 모두에게 홈런임을 알렸다.

"우아아아!!"

"백 투 백 홈런이다!!"

솔로 홈런을 날려 보내며 다시금 역전에 성공한 것이었다.

그 모습에 더그아웃에 남아 있던 선수들이 다시 한 번 격하게 환호성을 내지르고 있었다.

민우 역시 환호성을 지르며 기븐스의 옆으로 슬쩍 빠져나가려 했다.

턱!

하지만 기븐스가 손으로 벽을 짚으며 민우의 앞을 가로막았다.

'히익.'

기븐스는 민우가 흠칫하는 모습에 고개를 갸웃거리더니 곧 마지막 말을 내뱉으며 환한 미소를 지어보였다.

"홈런볼. 앞으로도 부탁해~"

기븐스의 입에서 슬머시 삐져나온 홈런볼이라는 단어가 착각에 빠져 있던 민우를 현실로 불러들였다.

"아… 예? 예… 아하하……."

"고맙다! 그런데… 너 얼굴이 왜 이렇게 창백하냐? 어디 아픈 데라도 있는 거야?"

민우의 대답에 환하게 웃어 보이던 기븐스는 민우의 얼굴을 타고 흐르는 식은땀을 발견하고는 걱정스러운 눈빛을 보냈다.

하지만 민우는 격하게 고개를 저으며 어색하게 웃어 보였다.

"아뇨! 괜찮습니다! 좀 더워서요!"

"그래? 오늘 날씨 괜찮은데?"

민우는 고개를 갸웃거리는 기븐스를 피해 장비를 챙겨 빠르게 대기 타석으로 향했다.

기븐스는 그런 민우를 바라보다가 순간 자신의 행동들을 떠올린 듯, 격하게 흔들리는 눈으로 민우의 뒷모습을 바라봤다.

'그, 그런 거 아니야!'

순식간에 터진 홈런 2방으로 역전을 허용한 디백스 더그아
웃의 분위기는 차갑게 식어 있었다.

디백스의 감독 대행, 깁슨의 얼굴도 딱딱하게 굳어 있었다.

'설마 저 기븐스가 오늘 미쳐 버릴 거라고는 생각하지 못했
는데.'

왕년에 중장거리 타자였던 기븐스였지만, 4년 전까지의 이
야기였다.

2005년, 26개의 홈런으로 정점을 찍은 뒤, 펀치력을 완전히
잃어버린 모습을 보이던 기븐스였다.

그런데 오늘, 기븐스는 왕년의 모습을 되찾은 것처럼 매서
운 스윙으로 타구를 펜스 너머로 날려 보내고 있었다.

'어떻게든 될 팀은 된다, 이건가?'

다저스의 물타선은 민우가 합류한 뒤, 기름이라도 끼얹은
것처럼 활활 타오르고 있었다.

민우라는 기름을 제거하면 결국 불을 타오르게 할 매개체
가 없어지는 것이었기에 다시금 물처럼 맹맹해지리라 생각했
다.

하지만 마치 이날만을 기다렸다는 듯이 맹위를 떨치는 기
븐스의 모습에 자신의 판단이 틀린 것인가 하는 생각이 들었
다.

'아니야. 의외의 한 방을 얻어맞긴 했지만, 결과적으로 따라붙을 수 없는 격차를 벌리지는 않았다.'

아직 경기는 중반이었다.

한 점 차 정도는 언제든지 극복할 수 있는 점수였기에 깁슨은 자신의 생각에 믿음을 가졌다.

'오늘은 터졌을지언정, 내일도 터지라는 법은 없다. 걱정스러운 건 역시 크론케인가. 몬테로라면 잘 다스려주겠지.'

깁슨은 우려 반 믿음 반이 섞인 시선으로 크론케와 몬테로를 바라봤다.

백 투 백 홈런을 맞고 흔들릴 법도 했지만, 크론케는 포수의 사인에 따라 꿋꿋이 공을 뿌리고 있었다.

슈우욱!

팡!

"스트라이크 아웃!"

4번 로니가 떨어지는 공에 허무하게 배트를 돌리며 삼진을 당하며 물러서고 말았다.

로니가 아웃을 당하며 아웃 카운트는 2개가 채워졌고, 타석에는 마치 데자뷰처럼 5번 타자인 민우가 들어섰다.

타석에 들어서는 민우를 바라보며 다저스의 팬들이 응원의 목소리를 내기 시작했다.

하지만 그 목소리는 4개의 공이 뿌려진 뒤, 야유로 바뀌고 말았다.

슈우욱!

팡!

"베이스 온 볼스!"

설마 하는 마음으로 1구, 2구, 3구를 바라보며 타격 자세를 취했던 민우는 4구가 거의 바운드되다시피 낮게 꽂히는 모습에 한숨을 푹 쉬고 말았다.

3연타석 볼넷. 그것도 스트라이크 하나 없이 볼만 12개가 꽂힌 결과였다.

투수의 입장에선 정말 효율적으로 투구 수를 관리하고 있는 것이라고 봐도 무방했다.

'후우⋯⋯.'

왕년에 배리 본즈가 이 정도였을까 싶을 정도로 심한 견제에 민우는 약간의 불만이 담긴 시선으로 몬테로를 바라봤다.

하지만 몬테로는 그런 민우의 시선을 쳐다보기는커녕, 아예 외면해 버렸다.

'네 의지는 아니라 이거지⋯⋯.'

차라리 자신의 불만 섞인 시선에 발끈하기라도 한다면 다음 타석에서 스트라이크존에 꽂히거나, 몸 쪽으로 공이 날아올지도 몰랐다.

하지만 그런 민우의 생각을 다 알고 있다는 듯, 몬테로는 민우를 아예 없는 사람처럼 취급하고 있었다.

여기서 괜히 몬테로에게 시비를 걸었다간 오히려 주심의 주의를 받을지도 몰랐다.

볼넷을 얻어낸 이상, 타석에 서 있을 이유도 없었다.

결국 민우는 조용히 배트를 내려놓은 채, 천천히 1루로 달려 나갔다.

'이렇게 된 이상, 도루로 크론케를 흔들 수밖에.'

생각과 함께 민우는 자신이 컨트롤할 수 있는 범위로 서서히 리드 폭을 벌려갔다.

민우의 움직임을 예의 주시하고 있던 몬테로의 사인에 크론케가 반 박자 빠른 견제구를 뿌렸다.

슈우우욱!

촤아악!

팍!

민우는 곧장 1루로 몸을 날리며 베이스를 터치했다.

뒤늦게 1루수의 글러브가 민우의 등에 닿았지만 누가 봐도 세이프인 상황이었다.

그리고 1루심 역시 고민할 것 없다는 듯, 가볍게 팔을 벌려 보이며 세이프임을 알렸다.

"세이프!"

타석에서 차마 다 쓰지 못한 집중력을 누상에서 쓰고 있는 민우에게 크론케의 견제 동작은 너무나도 눈에 띄게 티가 났다.

이후, 민우에게 두 개의 견제구를 더 던진 뒤, 크론케가 초구를 뿌리는 순간.

타다다닷!

민우가 반박자 빠른 타이밍에 기습적으로 스타트를 끊었다.

—낮은 공! 주자 뜁니다! 2루로 쏩니다!

순식간에 가까워지는 2루 베이스에 민우가 곧장 몸을 날렸다.

촤아아악!

팍!

민우가 흙먼지를 일으키며 베이스를 터치한 뒤에야 유격수의 글러브가 민우의 몸을 치고 지나갔다.

—세이프! 정말 빠른 발을 자랑하는 강민우 선수가 2루를 훔쳐 버립니다.

떨어지는 공을 주로 뿌리는 크론케의 투구 패턴을 노린 것이었고, 그런 민우의 판단이 보기 좋게 먹혀들어가며 2루를 훔치는 데에 성공했다.

하지만 크론케는 그런 민우의 도루에도 큰 흔들림을 보이지 않고 있었다.

'이 정도는 예상했다 이건가. 그럼… 3루도 훔쳐줘야겠지.'

앞섶에 묻은 흙을 툭툭 털던 민우는 내친김에 3루까지 훔칠 생각까지 하고 있었다.

하지만 이번에는 블레이크의 배트가 돌아 나왔다.

슈우욱!

따아악!

경쾌한 타격음과 함께 블레이크가 쏘아올린 타구가 우중간 방면으로 큼지막한 포물선을 그리며 뻗어가고 있었다.

홈런이라고 생각할 만큼 큰 타구였기에 다저스의 팬들은 가볍게 환호성을 내지르며 자리에서 일어섰다.

"우아아아아아!!"

"와아아!"

─쳤습니다! 우중간으로 향하는 타구! 높이 떠서 날아갑니다!

2아웃 상황이었기에 민우는 천천히 3루를 지나며 타구의 위치를 확인했다.

그리고 디백스의 중견수인 영이 워닝 트랙 앞에서 멈춰서는 모습에 설마 하는 생각을 가진 순간.

공중으로 힘껏 몸을 날린 영의 글러브가 펜스를 넘어가던 타구를 낚아채 버렸다.

그 모습을 처음부터 끝까지 바라보던 다저스의 팬들이 일순 머리를 감싸 쥐고는 탄식을 내뱉었다.

—홈런 펜스! 펜스 앞에서! 껑충 뛰면서… 잡았어요! 잡았습니다! 크리스 영이 이 타구를 잡아냅니다! 이야~ 대단하네요.

블레이크는 자신의 타구가 잡혔다는 것이 믿기지 않는다는 듯이 머리를 쥐었던 팔을 허탈하게 내리며 눈을 감고 말았다.

아쉽게 추가 득점에 실패한 다저스는 6회까지 한 점 차의 아슬아슬한 리드를 이어가고 있었다.

다저스 선발 일라이는 4회 초에 허용한 백 투 백 홈런을 제외하고는 호투를 이어가고 있었다.

현재까지 6이닝 3실점의 퀄리티 스타트를 유지하고 있었지만 그 투구 수가 한계에 다다랐다고 판단한 토리 감독은 7회가 시작되자 곧장 불펜을 투입시켰다.

그리고 균형이 다시금 깨진 것 역시 7회가 시작되어서였다.

따아악!

큼지막한 타격음과 함께 허공을 가르는 타구의 모습에 공을 뿌린 트론코소가 허망한 표정으로 몸을 돌리고 있었다.

디백스의 선두 타자로 나선 4번 라로쉬가 트론코소의 한가운데로 쏠린 공을 그대로 받아쳐 솔로 홈런을 뽑아낸 것이었다.

단 하나의 공으로 4 대 4 동점 상황이 만들어졌다.

일라이가 의외의 호투로 퀄리티 스타트를 했음에도 불구하고 불펜이 공 하나 만에 승리를 날려 버리는 모습은 다저스 팬들의 사기를 순식간에 떨어뜨렸다.

"아아아!!"

"하필이면 이럴 때에 맞냐."

"진짜 운도 지지리 없네."

"한 점 차이긴 했지만 디백스한테 이렇게 털려서야 어디 플레이오프에서 강팀들을 상대로 제대로 버티겠어?"

"사실 선발투수가 아무리 잘 던져도 불펜에서 제대로 지켜주지 못하면 말짱 도루묵이니까. 젠슨이랑 귀홍치가 잘 해주고 있지만 그 둘로는 부족하잖아. 특히 벨리사리오랑 브룩스턴이 이렇게 사이좋게 올 시즌을 말아먹을 줄 누가 알았겠어."

"트론코소가 그들보다야 그나마 덜하긴 해도… 오늘 하는 걸 보니 급 걱정되네. 시즌 막판이라 힘이 좀 빠진 것 같기도 하고……."

"그래도 타선에서 커버해 주면 그나마 걱정이 덜할 텐데."

"오늘은 기븐스가 회춘 모드이기는 한데… 장기적으로 봤을 때 문제는 역시 민우지."

한 팬의 이야기에 모두가 걱정스러운 표정을 지어 보였다.

"그러게. 그게 진짜 문제네. 솔직히 대놓고 하는 것도 아니고… 디백스만 이러라는 법은 없으니까."

"으… 말이 씨가 된다고… 그런 끔찍한 소리는 하지 마."

팬들이 투타 양면으로 우려의 시선을 보내는 사이, 불의의 일격을 맞았던 트론코소는 후속 세 타자를 삼진—중견수 플라이—삼진으로 깔끔하게 돌려세우며 이닝을 매조지었다.

하지만 이미 동점을 허용한 뒤였기에 타선의 폭발이 절실한 상황이었다.

7회 말, 캐롤이 땅볼로 물러난 뒤, 기븐스가 안타를 치고 나가며 오늘 경기 100% 출루를 유지하는 모습으로 팬들의 환호를 받았다.

뒤이어 전 타석 홈런의 주인공이었던 이디어가 들어서자 그 환호성은 더욱 커졌다.

슈우욱!

크론케의 손을 떠난 공을 따라 배트를 돌리던 이디어가 반쯤 돌아간 배트를 급히 멈춰 세웠다.

"큭."

하지만 아쉽게도 완전히 멈춰지지 못한 배트의 끝이 공을 건드리고 말았다.

틱!

이디어의 배트에 부딪히며 힘없이 튕겨 나간 타구가 향한 곳은 유격수가 서 있는 곳이었다.

예상치 못한 타격에 배트를 멈춰 세우던 이디어가 인상을 찌푸리며 1루를 향해 달려갔다.

1루 주자였던 기븐스 역시 급히 2루를 향해 달려갔지만 수비의 움직임은 그보다 더욱 빠르고 간결했다.

팍!

"아웃!"

촤아악!

2루를 향해 달리던 기븐스는 눈앞에 보이는 2루수의 모습에 병살 플레이를 막기 위해 팔을 벌리며 몸을 날렸다.

하지만 2루수는 그런 기븐스를 피해 옆으로 스텝을 밟으며 1루를 향해 공을 뿌렸다.

이디어가 1루를 단 한 걸음 남겨둔 순간.

팍!

"아웃!"

송구가 1루수의 글러브에 꽂히며 아웃 카운트 3개가 모두 채워지고 말았다.

1루 베이스를 지나던 이디어는 화를 참지 못하고 헬멧을 그라운드에 집어던지는 모습을 보였다.

—땅볼~ 유격수! 2루수! 1루수! 이디어 선수의 병살타! 안타 한 개가 있었지만 6—4—3으로 이어지는 병살타로 아웃 카운트가 모두 채워지며 이닝이 마무리됩니다.

8회 초, 마운드를 이어받은 젠슨이 디백스의 타선에게 삼진 2개를 솎아내며 디백스에게 달아날 기회를 주지 않았다.

그리고 8회 말, 디백스도 7이닝 4실점으로 제 역할을 해준 크론케를 내려보내고 불펜 투수를 투입시켰다.

마운드를 이어받은 투수는 디백스 불펜에서 그나마 제 역할을 해주고 있는 우완, 카라스코였다.

카라스코는 최고구속 92마일의 커터를 주무기로 던지며 비슷한 구속의 포심 패스트볼에 커터와 반대로 휘어지는 투심, 그리고 80마일 초반의 슬라이더까지 장착한 투수였다.

카라스코의 강점은 좌측으로 휘어지는 커터와 슬라이더, 그리고 우측으로 휘어지는 투심까지, 변형 패스트볼이라고 할 수 있는 공을 모두 뿌릴 수 있다는 것이었다.

정반대로 휘어지는 공들을 뿌릴 줄 알았기에 스트라이크존으로 들어오는 공이라도 타자가 대처하는 것이 쉽지만은 않았다.

그나마 평균 구속이 80마일 후반에서 90마일까지 형성되어 있다는 점이 카라스코의 약점이라면 약점이었다.

슈우욱!

팡!

카라스코의 연습 투구를 바라보던 민우는 그 구위가 그리 뛰어난 편은 아니라는 것을 느끼고 있었다.

하지만 패스트볼 계열의 공만 4종류라는 것은 그 구위를 커버할 만큼 상당한 강점이 되고 있었다.

좌로 휘어질지, 우로 휘어질지 판단하는 것도 쉽지 않았지만 특히 커터와 슬라이더는 그 궤적까지 비슷했기 때문에 특히 더 위력적이라고 할 수 있었다.

그리고 민우의 예상대로 선두 타자로 나섰던 로니는 카라스코의 좌우를 가리지 않는 투구에 연신 파울 타구를 날려 보내고 있었다.

잠시 숨을 고른 카라스코가 다시 한 번 와인드업 자세를 취하며 공을 뿌렸다.

슈우욱!

딱!

이번에도 돌아 나온 로니의 배트가 공을 따라 휘둘러졌고, 곧 그라운드에 투박한 타격음이 울려 퍼졌다.

좌우로 흩뿌려지던 이전과 달리 드디어 앞으로 향하는 타구가 만들어졌다.

하지만 크게 바운드되며 투수의 머리를 넘어간 타구는 곧 유격수의 글러브로 빨려 들어갔다.

유격수는 공을 확인하는 여유까지 보이고는 반 박자 늦게

1루를 향해 공을 뿌렸다.

슈우욱!

팍!

"아웃!"

전력 질주의 노력이 무색하게 로니는 1루를 두 걸음 앞두고 아웃을 당하고 말았다.

끈질기게 버티던 로니의 아웃에 아쉬워하는 것도 잠시, 다저스의 팬들은 다시금 기대에 찬 시선으로 타석으로 들어서는 민우를 바라보기 시작했다.

대기 타석에서 카라스코와 로니의 대결을 바라보던 민우는 생각에 잠겨 있었다.

'상대방이 작정하고 날 견제해 버리니 도루 하나 정도로는 상대도 크게 신경 쓰지 않는다.'

2루에 3루를 지나 홈스틸까지 해버리지 않는 한 자신을 향한 견제는 계속될 것만 같았다.

'후우… 가능성은 낮지만… 투기 발산 스킬이라도 사용해 봐야 하나?'

과거 '투기 발산' 스킬로 마이너리그에서 짭짤한 결과를 얻었던 민우였다.

상대 투수의 제구와 구속 능력치를 10%씩 하락시킨다는 것은 투수의 투구 밸런스를 흔드는 결과로 이어지며 그 수치에 비해 효과가 상당한 편이었다.

하지만 멘탈 능력치에 따라 그 성공률이 극히 희박했고, 마이너리그에 비해 멘탈 수치가 상대적으로 높은 메이저리그에서는 그 성공 확률은 더더욱 낮아졌다.

이런 조건에 더해 이 스킬이 지금의 상황에서 효과를 볼 것이라고도 장담할 수 없었다.

'스트라이크존의 근처에 넣을 생각조차 없는 투수에게 이 스킬을 쓴다고 과연 효과가 있을까라는 게 문제겠지.'

이전까지 상대 투수들은 민우에게 홈런을 맞는 것을 경계하면서도 스트라이크존에 공을 꽂아 넣는 것을 피하지는 않았다.

제구를 흔든다는 것은 곧 스트라이크존의 경계를 이용하는 투수의 공을 스트라이크존으로 유도할 확률이 높다는 뜻이었다.

하지만 지금처럼 대놓고 민우를 걸어서 내보내기 위한 투구를 하는 상황에서 그 효과가 어떻게 나올지 알 수 없었다.

'어차피 한 경기에 한 번밖에 사용할 수 없는 스킬이니까… 시도라도 해보자.'

곧, 타석에 도달한 민우가 배터 박스에 자리를 잡으며 카라스코에게 정신을 집중했다.

[카라스코, 34세]

—구속[R, 63(39%)/100], 제구[R, 70(25%)/100], 멘탈[R, 70(41%)/100], 회복[R, 65(13%)/100]

—종합 [R, 268/400]

카라스코의 능력치를 확인한 민우가 가볍게 고개를 끄덕거렸다.

'아슬아슬하게 레어 능력치… 그럼 확률은 30%. 해볼 만하겠어.'

사실 시도해 보려고 생각한 순간부터 확률은 의미가 없었다.

하지만 기왕이면 테스트를 해보고 결과를 아는 것이 의미가 있었기에 성공했으면 하는 마음이 강했다.

잠시 심호흡을 한 민우가 카라스코를 지그시 바라보며 스킬을 발동시켰다.

'투기 발산!'

지잉—

[투기 발산의 효과가 성공적으로 적용되었습니다.]

[카라스코의 구속과 제구 능력치가 10% 하락합니다.]

'됐다!'

30%의 낮은 확률이었지만 다행스럽게도 카라스코에게 스

킬이 먹혀 들어갔다.

공을 던지기 전까지 겉으로 드러나는 변화가 없었기에 카라스코는 별다른 기색 없이 로진백을 매만지고 있었다.

민우는 그 모습을 바라보며 배트를 쥔 손을 가볍게 풀었다가 다시 쥐며 최상의 상태를 유지하려 노력했다.

'하나만, 하나만 안으로 들어와라.'

잠시 뒤, 사인 교환을 마친 카라스코가 천천히 글러브를 가슴팍으로 끌어 올렸다.

그리고는 가벼운 키킹과 함께 스트라이드를 내디디며 힘껏 공을 뿌렸다.

슈우욱!

공을 뿌리는 순간, 그제야 이상을 감지한 카라스코의 두 눈이 크게 떠졌다.

하지만 민우의 기대와 달리, 카라스코의 공은 바깥쪽으로 완전히 휘어지는 궤적을 보였다.

"헙."

너무 크게 빠지는 공에 포수인 몬테로가 본능적으로 몸을 던졌지만 공은 미트에 닿지 않은 채, 곧장 백스톱을 강타했다.

텅!

다행이 단 한명의 주자도 없는 상황이었기에 공을 쫓아 달려갈 필요는 없었지만, 너무나도 큰 실투였기에 몬테로는 놀라움과 의문이 담긴 표정으로 카라스코를 바라봤다.

카라스코 역시 자신의 손을 바라보며 혹여나 손톱이 깨진 것은 아닌지 확인하고 있었다.

민우는 그런 카라스코의 모습을 보며 아쉬운 듯, 입맛을 다셨다.

'하필이면 그중에 투심이었다니……'

조금 전의 공을 봤을 때, 커터나 슬라이더였다면 스트라이크존의 안쪽으로 들어왔을 확률이 높았다.

고개를 갸웃거리던 카라스코가 오케이 사인을 보냈다.

그 모습에 민우도 무릎을 살짝 굽히며 언제든지 배트를 내밀 준비를 마쳤다.

'하나만, 딱 하나만 들어와라.'

어차피 볼넷으로 내보낼 생각이라면 스트라이크존에 넣기 위해 도박을 걸 확률은 낮았다.

민우는 그저 슬라이더나 커터 중 하나를 던져주길 바랄 뿐이었다.

곧, 가볍게 심호흡을 한 카라스코가 천천히 와인드업 자세를 취하며 공을 뿌렸다.

슈우욱!

뒤로 당겼던 손을 앞으로 휘두르며 공을 채는 순간, 카라스코의 눈이 다시금 크게 뜨여졌다.

그와 동시에 공의 궤적을 확인한 민우의 입가에 옅은 미소가 피어올랐다.

'포심!'

포심 패스트볼은 투수가 영점을 잡기 위해 던지는 가장 일반적인 구종이었다.

기대조차 하지 않았던, 스스로 가장 강점을 가진 공이 들어오는 모습에 민우가 강하게 스트라이드를 내디뎠다.

곧 순차적으로 허리가 매섭게 회전을 시작했고 뒤이어 뒤로 당겨졌던 배트가 맹렬하게 돌아 나왔다.

따아아악!

스트라이크존의 구석을 찔러 들어오던 공이 민우의 배트와 맞부딪히며 경쾌한 소리를 합작해 냈다.

―2구! 잡아당깁니다! 빠르게! 크게! 그리고 멀리 날아가는 타구! 우측 펜스!

그라운드를 타고 울려 퍼지는 타격음에 다저스타디움을 가득 메운 수만의 관중이 일제히 확신에 찬 표정으로 자리에서 일어나 만세를 불렀다.

"우아아아아아아!!!"

"홈런이야!!"

"다시 역전이다!!"

"바로 이거지!!"

"킹 캉! 킹 캉!"

자신이 쏘아낸 타구를 잠시 바라보던 민우는 크게 휘어지며 순식간에 펜스를 넘어가는 모습을 확인하고 나서야 미소를 지은 채, 천천히 베이스를 돌기 시작했다.

　—그대로~ 넘어~ 갑니다! 날카로운 라인드라이브 타구를 그대로 펜스 너머로 날려 버리는 강민우 선수! 시즌 19호 홈런!

　—초구부터 갑작스레 제구가 크게 흔들렸던 카라스코였는데요. 제구를 잡기 위해서인지 2구가 생각보다 안쪽으로 쏠렸고요. 강민우 선수가 이 공을 놓치지 않았습니다.

　—오늘 네 번의 타석에서 처음으로 스트라이크존에 들어오는 공이었는데요. 이 실투 하나를 놓치지 않고 그대로 펜스를 넘겨 버렸습니다. 정말 대단한 타자라고 할 수 있겠습니다.

　디백스의 더그아웃에서 감독 대행인 깁슨이 베이스를 돌며 지나가는 민우의 뒷모습을 굳은 표정으로 바라보고 있었다.

　'마치 스트라이크존으로 들어올 거라고 알고 있었다는 듯한 스윙이었어.'

　이전 세 타석에서 모두 스트레이트 볼넷으로 출루했던 민우였다.

　그리고 이번 타석에서도 비록 초구가 크게 빠지긴 했지만, 대충 눈치가 있다면 다시금 걸어서 내보낼 것이라는 의도를 눈치챘을 것이라고 생각했다.

하지만 민우는 그런 깁슨의 생각을 보기 좋게 무너뜨리고 는 팬들의 열렬한 환호를 받으며 다이아몬드를 돌고 있었다.

'괴물 같은 녀석이야. 앞선 세 타석의 노력이 무색하게도 단 하나, 단 하나의 스트라이크를 놓치지 않고 홈런으로 만들어 버릴 줄이야. 역시… 내 생각은 틀리지 않았어. 남은 경기를 승리로 가져가기 위해서라도… 저 녀석에게 절대로 존 안쪽으로 들어가는 공을 줘선 안 된다. 절대로.'

이미 시즌 꼴찌가 확정적인 상황이었지만, 그렇다고 다저스에게 지구 우승을 쉽게 내어줄 생각은 없었다.

그리고 지금의 이 한 방으로 깁슨의 결심은 더욱 확고해졌다.

어느새 다이아몬드를 돌아 홈 플레이트로 돌아온 민우가 하늘을 바라보며 손가락을 들어 보이는 세레머니를 하고 있었다.

잠시 그 모습을 바라보던 깁슨은 시선을 마운드로 돌리더니 곧 투수 코치에게 무언가 지시를 내렸다.

*　　　　　*　　　　　*

2개 연속 실투를 범하며 민우에게 불의의 홈런을 얻어맞은 카라스코는 갑작스레 무너진 투구 밸런스에 이해할 수 없다는 표정을 짓고 있었다.

곧, 그 모습을 발견한 포수가 빠르게 마운드로 달려 올라갔다.

"카라스코, 무슨 일이야? 요구한 위치랑 계속 다르게 들어왔어. 어디 아픈 거야?"

미트로 입을 가린 채, 몬테로가 이해할 수 없다는 표정을 지어 보였다.

카라스코 역시 이해가 되지 않는 건 마찬가지라는 듯, 아리송한 얼굴을 하고 있었다.

"나도 몰라. 초구에 이상하다 싶었는데, 뭔가 내 몸이 아닌 것 같았어. 몇 개 더 던져보고 아니다 싶으면 내가 바로 신호 보낼게."

"알았어. 홈런을 맞은 건 실투니까 크게 신경 쓰진 말라고."

툭툭.

몬테로는 카라스코의 어깨를 가볍게 두드리고는 마운드를 내려갔고, 곧 경기가 재개되었다.

하지만 카라스코는 종전의 공이 계속 신경이 쓰인다는 듯, 계속해서 포수 미트와 조금씩 어긋나는 위치에 공을 꽂아 넣었다.

슈우욱!

팡!

"베이스 온 볼스!"

결국 카라스코는 풀카운트까지 가는 접전 끝에 6번 타자인 블레이크를 볼넷으로 1루에 내보내고 말았다.

카라스코가 홈런에 이어 볼넷으로 주자를 내보내는 모습에 더그아웃에서는 곧장 깁슨이 튀어나왔다.

마운드로 다가오는 깁슨의 모습에 고개를 숙인 채, 애써 아쉬움을 감췄다.

약간의 시간이 지난 뒤, 마운드에는 노장 투수, 햄튼이 올라와 있었다.

과거 먹튀의 오명을 뒤집어썼던 젊은 시절을 지나, 어느새 노장이 된 햄튼은 디백스 이적 후 불펜에서 연일 호투를 이어가고 있었다.

민우에게 사이클링 히트의 제물이 되는 3루타를 얻어맞긴 했지만 그 이후, 다시금 호투를 이어가고 있었다.

햄튼이 가볍게 연습 투구를 끝내자 곧장 7번 타자인 테리엇이 타석에 들어서 전의를 불태웠다.

곧, 경기가 재개됐고 1구, 1구가 오고가며 볼카운트를 하나씩 늘려갔다.

마운드 위에 서 있던 햄튼이 가볍게 숨을 고르고는 곧 글러브를 들어 올렸다.

슈우욱!

햄튼의 손에서 뿌려진 느릿한 공이 스트라이크존 근처에서 가볍게 꿈틀거렸다.

존 안쪽에서 머무는 듯 보이는 공에 테리엇의 배트가 자석처럼 따라붙었다.

틱!

하지만 그 판단과 달리 공은 더 크게 움직이며 배트의 끝으로 향했고, 투박한 타격음과 함께 유격수 앞으로 굴러가고 말았다.

슈욱!

팡!

"아웃!"

가볍게 공을 집어 든 유격수가 2루로, 그리고 2루수가 2루로 쇄도하는 블레이크를 피해 점프를 하며 다시 1루로 공을 뿌렸다.

팡!

"아웃!"

테리엇은 1루 베이스에 채 접근하지도 못한 채 아웃이 되고 말았다.

그 모습에 다저스타디움을 찾은 팬들의 입에서 아쉬움의 탄식이 흘러나왔다.

앞선 이닝에 이어 다시 한 번 6-4-3 병살타가 나오며 다저스의 추가 득점 기회가 무산되고 말았다.

하지만 민우의 기습적인 홈런으로 한 점의 우위를 점하고 있었고, 믿을 만한 마무리 투수가 존재하고 있었기에 팬들은 어느 정도 승리를 확신하고 있었다.

9회 초, 젠슨의 뒤를 이어 마운드에 오른 투수는 궈훙치였다.

궈훙치는 2번 영을 삼진으로 가볍게 돌려세우더니 3번 존슨을 공 2개 만에 중견수 플라이로 잡아내며 순식간에 2개의 아웃 카운트를 올렸다.

슈우욱!

따악!

약간은 투박한 타격음과 함께 타구가 크게 떠오르자, 배트를 휘둘렀던 디백스의 4번, 라로쉬가 크게 자책을 하며 배트를 옆으로 내던졌다.

크게 떠오른 타구는 우중간으로 향하고 있었지만 멀리 뻗지 못하고 서서히 떨어져 내리고 있었다.

그리고 바로 그 위치엔 어느새 민우가 자리를 잡은 채, 글러브를 들어 올리고 있었다.

팍!

"아웃!"

아웃 카운트 3개가 모두 채워지는 소리가 들려오며 다저스의 승리로 경기가 종료되었다.

팬들은 결승 홈런을 때리고, 경기를 마무리 짓는 아웃 카운트를 잡아내는 민우의 모습에 자리에서 일어나며 가볍게 환호성을 질렀다.

하지만 그 승리가 너무나도 힘겹게 이루어졌기에 곧 경기장을 빠져나가는 팬들의 얼굴은 어느새 걱정의 그림자가 조금씩 드리우고 있었다.

하지만 얼마 뒤, 그런 팬들의 걱정을 날려 버릴 만한 소식이 전해졌다.

같은 날, 파드리스의 홈구장, 펫코 파크에서 치러진 파드리스와 자이언츠의 경기에서 자이언츠가 6 대 4로 파드리스에 패배를 기록했다는 것이었다.

오늘 경기에서 승리를 기록하며 시즌 89승을 기록한 다저스는 잠시 공동 1위의 자리를 내어줬던 자이언츠를 다시금 떨쳐내고 내셔널리그 서부 지구 우승에 한 발 더 앞서나갈 수 있게 되었다.

경기가 끝난 뒤, 라커 룸에서는 여러 명의 기자가 선수들을 하나씩 붙잡고 인터뷰를 진행하고 있었다.

그리고 오늘 2개의 홈런을 때려내며 맹활약한 기븐스에게도 카메라가 한 대 붙어 있었다.

"마지막으로 오늘 정말 오랜만에 홈런을, 그것도 두 개나 때려내면서 다저스가 승리하는데 결정적인 역할을 했는데요. 혹시 홈런을 때리게 된 비결이 있나요?"

기자의 물음에 기븐스는 조용히 고개를 끄덕이며 미소를

지어 보였다.

"사실, 오늘 홈런은 민우의 도움이 없었다면 나오지 않았을지도 모릅니다."

다른 기자와의 인터뷰를 끝낸 민우는 귓가에 들려온 기븐스의 말에 순간 딱딱하게 굳고 말았다.

'헐, 설마……'

민우가 어색한 얼굴로 고개를 돌리자, 민우를 발견한 기븐스가 씨익 웃어 보이고는 초록 빛깔의 과자 봉지를 꺼내 들었다.

"비결은 바로 이것입니다."

기븐스의 손에 들린 과자 봉지를 본 기자가 이해가 되지 않는다는 표정으로 기븐스를 바라봤다.

"이건… 과자가 아닌가요?"

"예. 민우가 한국에서 즐겨 먹었다던 과자입니다. 그런데 이 과자의 이름이 뭔지 아십니까?"

"이름이 뭔가요?"

"바로 '홈런볼'입니다."

"홈런볼… 이요? 아하하! 과자 이름이 굉장히 독특하네요. 저도 이걸 먹으면 홈런을 칠 수 있을까요?"

과자의 이름을 들은 기자는 순간 가볍게 웃음을 터뜨리며 재치 있게 질문을 건넸고 기븐스는 미소를 지은 채, 가볍게 고개를 끄덕였다.

"홈런볼에는 마법이 깃들어 있습니다. 홈런볼을 먹으면 홈런을 칠 수 있다고 민우가 이야기했거든요. 마침 저기 민우가 있네요. 헤이~ 민우!"

약간은 신이 난 표정으로 인터뷰를 하던 기브스는 민우를 발견하고는 손을 흔들어 보였다.

'으… 안 돼……'

그런 둘의 대화를 지켜보던 민우는 자신을 부르는 기브스의 모습에 부끄러움을 참지 못하겠다는 듯, 한 손으로 얼굴을 가리며 자리를 피하고 말았다.

그런 둘의 모습을 바라보던 기자가 무엇이 웃긴지 쿡쿡거리고는 기브스에게로 시선을 돌렸다.

"아~ 도망갔는데요? 기브스 선수의 재미있는 농담, 잘 들었고요. 다음에도 좋은 인터뷰 부탁드립니다."

기브스의 인터뷰 기사가 나간 이후, 한인 마트에는 '홈런볼'을 찾는 손님들이 부쩍 늘어나며 한동안 품절 사태가 빚어지는 소동까지 일어났다.

*   *   *

숙소로 돌아온 민우는 오늘의 경기 내용을 복기하고 있었다.

4타석 1타수 1안타(1홈런) 3볼넷 1타점 1득점.

민우가 오늘 경기에서 세운 기록이었다.

표면적으로만 본다면 100% 출루를 기록했고, 출루율도 상승했으며, 홈런으로 타점과 득점까지 기록한 뛰어난 기록이었다.

하지만 민우의 얼굴에는 승리의 기쁨보다는 약간의 우려가 자리를 잡고 있었다.

'카라스코에게 '투기 발산' 스킬이 먹혀들어 가서 홈런을 때렸지만… 운이 좋았을 뿐이야. 확률이 낮을뿐더러 한 경기에서 단 한 번밖에 사용할 수 없는 스킬이다.'

염력이라도 사용할 수 있는 것이 아닌 이상, 상대 투수가 대놓고 스트라이크존의 바깥으로 공을 뿌리면 민우로서도 방법이 없었다.

민우에게는 염력 같은 전지전능한 능력은 존재하지 않았다.

하지만 그런 민우에게 전혀 희망이 없는 것은 아니었다.

민우에겐 초능력에 맞먹는 것들을 얻을 수 있는 것이 있었다.

민우는 경기와 퀘스트를 통해서 모은 포인트로 그 누구도 얻을 수 없는 것들을 이용할 수 있었다.

하지만 그런 사실에도 그 얼굴은 그리 밝지 않았다.

'하지만… 지난 갱신 때엔 지금의 상황에 도움이 될 만한 것들은 없었어.'

잠시 기억을 더듬던 민우가 가볍게 고개를 저었다.

'그래도 모르니 다시 한 번 확인해 보는 게 낫겠지. 포인트 상점.'

민우는 약간은 우려 섞인 얼굴로 이리 저리 시선을 돌리기 시작했다.

그리고 잠시 뒤, 꼿꼿이 세우고 있던 허리에 힘을 풀고 침대에 몸을 파묻었다.

'역시나 없네. 내일 갱신까지 기다려야 하는 건가?'

포인트 상점 갱신은 약 하루 정도의 시간이 남아 있었다.

시간상으로 보았을 때, 내일 경기 이후에 갱신이 될 예정이었다.

그전까진 아무리 들여다본다고 해도 바뀌는 것은 없었다.

포인트 상점을 종료한 민우는 조그마한 희망을 가지고 내일 경기의 선발투수에 대한 정보를 천천히 살펴보기 시작했다.

제6장

은밀하게 그리고 위대하게! 1

　다음 날, 평소보다 일찍 다저스타디움에 도착한 민우는 곧장 배팅 머신이 장착된 실내 연습장으로 향했다.

　그러고는 스트라이크존 바깥으로 뿌려지는 공을 바라보기도 하고, 배트를 휘둘러보기도 하고, 타석에서 이리저리 움직이기까지 하며 홀로 고군분투하고 있었다.

　마이너리그 시절, 루키 존으로 인해 볼을 스트라이크로 판정받던 시절보다야 훨씬 나았지만 건드릴 수 없는 것은 매한가지였기에 답답함은 감출 수 없었다.

　푸슝!

　스트라이크존에서 공 두 개 정도가 빠진 위치로 날아왔고,

민우의 배트가 그 공을 따라 매섭게 돌아갔다.

따악!

곧장 매섭게 쏘아진 타구가 총알같이 왼쪽으로 쏘아졌고, 곧 그물망을 때리며 힘을 잃고 흘러내렸다.

"후우, 부족해."

스위트 스폿을 약간 벗어난 듯, 손에는 진한 떨림이 느껴지고 있었다.

지금껏 설정해 놓은 스트라이크존을 벗어나는 공에 거의 배트를 내밀지 않았었다.

하지만 민우는 스스로 자신이 마이너리그 시절에 비해 크게 성장했다는 것을 잘 알고 있었다.

'과거 루키 존에 시달릴 때 건드리지 못했던 공들을 지금은 칠 수 있어.'

조금 전의 타구가 바로 그 증거이기도 했다.

하지만 그럼에도 그 얼굴은 그리 밝지 않았다.

'문제는 존 안쪽으로 들어오는 공에 비해 정확도가 상당히 떨어진다는 건데……. 몸에 익지 않은 것을 실전에서 시도하는 건 곧 도박이 될 수도 있다. 어쩌면 볼넷으로 나가는 것보다 실이 될 수도 있어.'

볼넷 하나는 안타 하나와 같이 1루 베이스로 살아나가는 것이었다.

민우의 빠른 발을 생각했을 때, 후속 타자가 2루타 이상의 장타만 때려준다면 홈을 밟을 확률도 높았다.

반대로 만약 1루에 주자가 있을 때, 볼로 들어오는 공을 건드려 안타를 때린다면 다행이지만, 병살타를 때려 아웃 카운트 2개를 한 번에 내어준다면 그것만큼 지탄받을 만한 일이 없었다.

하지만 남은 경기는 두 경기였고, 팀의 주포라고 할 수 있는 민우가 침묵하는 것은 다저스에게는 뼈아픈 전력 손실이나 마찬가지였다.

어쩌면 팬들은 민우의 침묵으로 인해 지구 우승이 좌절되는 것을 볼 바에야 3번의 삼진 뒤에 터질 1번의 홈런을 기다리고 있을지도 몰랐다.

문제는 바로 그 한 번의 홈런을 터뜨릴 수 있느냐였다.

"본즈를 추구해야 하는 건가. 아니면 게레로를 추구해야 하는 건가."

민우의 뇌리에 투수들의 숱한 견제를 받았을 배리 본즈가 떠올랐다.

배리 본즈는 한 시즌 최다 볼넷 기록인 232개의 볼넷을 얻어냈던, 말 그대로 출루 머신이 되었던 적이 있었다.

그리고 그해 얻은 볼넷 중, 상대의 고의 사구는 무려 120개였다.

덕분에 그해, 본즈의 출루율은 타율의 두 배에 가까운, 무려 6할을 넘었었다.

그런 투수들의 견제에도 본즈는 흔들림 없는 모습을 유지했고, 45개의 홈런포를 쏘아 올리는 동안 단 41개의 삼진만을 당했을 뿐이었다.

하지만 그런 견제로 인해 홈런 수는 2001년을 정점을 찍은 뒤, 단 한 번도 홈런왕 타이틀을 거머쥔 적이 없었다.

'아니. 반대로 이런 견제에도 이후 세 시즌 동안 45개 이상의 홈런을 때렸다는 것이 대단한 거라고 해야겠지. 특히 볼넷 신기록을 세웠던 2004년은 더더욱.'

이처럼 본즈가 투수들의 견제에도 흔들리지 않고 자신의 선구안을 꿋꿋이 밀고 나갔다면, 블라디미르 게레로는 정반대의 타자라고 할 수 있었다.

자신의 뛰어난 컨택 능력과 펀치력을 바탕으로 웬만한 공을 다 후려갈기는 타자가 바로 블라디미르 게레로였다.

덕분에 볼넷 개수는 월등히 적었지만, 그만큼 삼진 개수도 적은 타자로 일부 투수들에게는 본즈보다 더 무서운 타자로 인식되고 있는 타자였다.

잠시 고민에 빠져 있던 민우는 이내 고개를 젓고 말았다.

'이건 결국 상대가 내 배트를 유인할 생각일 때의 문제지⋯ 지금처럼 마냥 고의 사구로 내보내는 거라면 의미가 없다.'

만약 상대가 고의 사구를 던질 의도가 분명할 때, 민우의 배트가 볼에도 돌아 나온다면 투수의 공은 더욱 더 바깥으로 멀어질 것이 뻔했다.

만약 투수가 고의 사구를 내어 줄 생각이라면 메이저리그 최고의 배드볼 히터라는 블라디미르 게레로가 와도 그 공을 제대로 때리는 것은 거의 불가능한 일이라고 할 수 있었다.

문제는 그뿐만이 아니었다.

'더군다나 급하게 몸에 익지 않은 자세로 억지로 공을 때리려다간 내 밸런스만 더 흐트러질 거야.'

이미 피칭 머신을 이용한 잠깐 동안의 실험으로 볼을 건드리는 것은 당장 무리가 더 많다는 것을 깨닫고 있었다.

너무나도 답답했다.

'어떻게 해야 하지……'

답이 나오지 않는 상황에 민우는 의자에 주저앉아 한숨을 푹 내쉬고는 두 눈을 감아버렸다.

그런 민우의 미간은 계속되는 고민으로 인해 몇 가닥 주름이 잡혀 있었다.

그렇게 하염없이 고민에 빠져 있던 민우는 순간 뇌리를 스치는 한 생각에 감고 있던 두 눈을 번쩍 떴다.

'그거라면… 가능하지 않을까……'

빠르게 시간을 확인한 민우는 곧 훈련 시간이 얼마 남지 않았다는 것을 깨닫고는 자신이 남긴 흔적을 빠르게 정리하기 시작했다.

*　　　*　　　*

라커 룸에는 이미 대부분의 선수들이 자리를 잡고 있었다.

그런데 선수들이 모두 한 손에 익숙한 과자를 들고 행복한 표정을 짓고 있었다.

"오~ 민우! 홈런볼의 요정이 왔구나!"

민우를 발견한 기븐스의 장난스러운 목소리에 동료 선수들이 와자지껄한 웃음을 터뜨리며 민우를 반겼다.

민우는 그 모습에 순간적으로 심각한 생각을 잊어버리고는 피식 웃고 말았다.

"예, 그런데 그건 다 어디서 난 거예요?"

민우의 물음에 기븐스가 자신의 손에 들린 과자를 하나 입에 넣고는 씨익 웃어 보였다.

"어제 홈런 두 방 때린 기념으로 근처 마트에 가서 박스째로 사왔지. 그런데 이 사람들이 다 털어먹어서 또 사야 될까 봐."

기븐스는 주변을 둘러보며 가볍게 한숨을 쉬었고, 선수들은 그런 기븐스를 바라보며 낄낄거리는 모습이었다.

민우는 그런 선수들을 바라보다가 곧 기븐스에게 다가가 마주앉았다.

"기븐스. 궁금한 게 있는데요."

마지막 남은 홈런볼 하나를 입에 털어 넣은 기븐스는 민우의 심각한 표정을 읽고는 덩달아 자세를 바로 했다.

"말해봐."

민우는 어제 경기에서 상대가 자신에게 고의 아닌 고의 사구를 뿌렸던 점, 오늘 경기에서도 그렇게 나올 것 같다는 생각을 드러냈다.

"…그래서 제가 생각한 게 있는데요. 어차피 걸어 내보낼 생각이라면 3구까지는 기다리고, 4구, 5구째에 스윙을 해서 투수의 투구 수라도 늘려 버릴까 해서요."

"뭐?"

기브스는 민우의 이야기에 놀라움과 황당함이 뒤섞인 표정을 지어 보였다.

하지만 곧 민우의 표정에서 장난이 아니라는 것을 깨닫고는 가볍게 고개를 끄덕거렸다.

"하하. 이런 당돌한 녀석을 봤나. 뭐, 메이저리그 역사가 워낙에 길다 보니 그런 경우가 없는 건 아니긴 하지. 뭐, 대놓고 고의 사구로 내보내는데 스윙을 해서 투구 수를 늘려 버리면 다음 타석에서 머리에 공이 날아올지도 모르겠지만… 어제 같은 경우라면 투수도 너한테 전력으로 투구를 하긴 하는 거니까 네가 스윙을 한다고 해서 딱히 욕먹을 상황은 아닌 것 같은데? 오히려 투구 수도 늘리고. 투수 자존심도 박박 긁고 말이지."

민우는 기브스가 자신의 생각을 이해하는 듯하자 미소를 지어 보이며 고개를 끄덕거렸다.

"그렇죠? 만약 그 도발이 먹혀들어서 스트라이크존에 꽂아 준다면 그건 그거대로 저한테 기회가 오는 거니까 나쁠 것도 없고요. 어쩌면 저 때문에 멘탈에 금이 가서 투구 밸런스가 흔들릴지도 모를 일이죠."

기븐스는 민우의 이야기에 고개를 끄덕이면서도 약간의 우려섞인 표정을 드러냈다.

"네 생각대로 하는 것도 가능하긴 할 것 같은데… 문제는 만약 네 생각대로 투수가 도발에 넘어왔다고 치자. 풀카운트 상황에서 스윙 한 번으로 삼진을 먹고 물러날 수도 있단 말이지. 멀쩡히 1루로 걸어 나갈 수 있는 상황이었는데도 말이야. 물론 주자가 있을 때엔 볼넷보다 단타 하나가 더 가치가 높긴 하지만… 실패한다면 팀에 이래저래 리스크가 크지 않을까? 속이 배배 꼬인 사람이 본다면 네 다음 타자인 블레이크를 믿지 못하는 걸로 보일수도 있을 거야."

기븐스의 이야기에 그것까지는 생각하지 못했다는 듯, 민우가 당황한 표정으로 고개를 끄덕였다.

"아. 그렇게 생각할 수도 있군요……. 절대로 그런 생각인 건 아닌데……."

"거기서 내 이름이 왜 나와?"

갑작스레 들려오는 굵은 목소리에 기븐스와 민우가 흠칫하는 표정을 지어 보였다.

"언제부터 듣고 있었어?"

기븐스의 조심스러운 물음에 블레이크가 피식 웃어 보이더니 기븐스가 앉아있는 소파의 옆자리에 털썩 앉았다.

"민우가 심각한 표정으로 얘기할 때부터, 전부 다."

"아하하하……."

블레이크는 괜히 라커 룸 리더가 아니었다.

관심이 없는 것처럼 보여도 선수들의 상태를 항상 예의 주시하고 있었던 것이다.

"나나 다른 애들 때문에 고민하는 거라면, 신경 쓰지 마라. 짧은 시간이었지만 네가 팀원을 무시하거나 믿지 못하는 성격이 아니라는 건 잘 알고 있으니까. 하고 싶은 대로 해봐. 물론 코치님이랑 감독님 허락이 있어야 한다는 건 알고 있지?"

자신을 향한 블레이크의 믿음에 민우는 잠시나마 불편했던 마음이 깨끗하게 사라지는 것을 느꼈다.

곧 어색해 보이던 미소도 자연스럽게 바뀌었다.

"예, 고맙습니다. 블레이크."

가볍게 손사래를 치던 블레이크는 살짝 몸을 숙이더니 민우에게 들릴 정도로만 조용한 목소리를 냈다.

"뭘 고마워, 감독님이 안 된다고 자르면 끝인데. 그리고 왠지 너라면 토리 감독님도 허락해 주실 것 같긴 하다. 일 한번 크게 내버리라고 말이야."

블레이크의 이야기에 민우도 씨익 웃어 보였다.

"훈련 시간 다 됐으니까 슬슬 준비들 해."

허리를 펴며 시계를 본 블레이크는 일상적인 말을 건네고는 빠르게 자리를 떴다.

블레이크를 바라보며 고개를 끄덕인 기븐스도 천천히 몸을 일으키며 민우를 바라봤다.

"다른 녀석이 그랬으면 꿀밤을 한 대 먹여줬겠지만⋯ 너니까 나도 믿음이 간다. 대신, 할 거면 기회 봐서 제대로 한 번 해보라고. 오케이?"

"예. 걱정 마세요. 지금껏 한 번도 대충이라는 걸 해본 적은 없으니까요."

기븐스의 물음에 민우도 자리를 털고 일어서며 대답했고, 그 모습에 기븐스가 피식 웃으며 그 어깨를 두드려 주었다.

"그래, 가자."

*   *   *

"해봐라."

민우의 조심스러운 이야기를 들은 토리 감독은 마치 지나가듯 가볍게 허락의 말을 꺼냈다.

"예?"

너무나도 쉽게 떨어진 허락에 민우는 어안이 벙벙한 듯한 표정을 짓고 말았다.

"오늘도 디백스가 그런 작전을 쓰리라는 보장은 없지만, 만약 그렇다면 그렇게 하라는 말이다."

"정말… 그래도 되겠습니까?"

민우의 어리벙벙한 표정을 본 토리 감독이 가볍게 웃음을 보였다.

"왜, 내가 호통이라도 칠 줄 알았나?"

"아뇨. 그런 건 아니지만……."

"후후, 됐다. 대신 정말 중요할 때 그 작전을 써야 할 것 같다고 생각할 때 해봐라. 디백스도 생각이 있다면 그 도발에 두 번은 넘어오지 않을 확률이 높으니까."

토리 감독의 조언에 민우가 굳은 표정으로 고개를 끄덕였다.

상대의 허를 찌르는 작전이 효과가 가장 큰 때는 그 작전을 처음 상대에게 사용할 때였다.

그러므로 주자가 없는 상황에서는 굳이 그 상대를 도발할 필요가 없었다.

하지만 주자가 있는 상황이라면 볼넷보다는 안타 하나를 만들어내는 것이 상대를 크게 흔들 수 있었다.

물론 결국 그 모든 것은 상대가 그 도발에 넘어와 스트라이크를 던져줬을 때의 이야기였지만 말이다.

"예, 그럼 허락해 주신 바, 최선을 다해서 좋은 결과로 보답하도록 하겠습니다."

"그래. 부디 그 작전이 먹히길 바라마. 어서 가봐라."

토리 감독의 축객령에 고개를 꾸벅 숙인 민우가 훈련 준비가 한창인 그라운드로 빠르게 달려 나갔다.

토리 감독은 그런 민우의 뒷모습을 바라보며 신기한 것을 본 것 같은 표정을 짓고 있었다.

'내 살다 살다 이런 이야기를 하는 녀석은 또 처음 보는군. 이거 어쩌면 말년에 재미있는 구경을 하겠어.'

"보통은 제 성적 깎아먹는다고 저런 생각 자체를 안 할 텐데… 참 재미있는 녀석이에요."

잠시 민우의 뒷모습을 바라보던 타격 코치, 매팅리의 말에 토리 감독도 고개를 끄덕거렸다.

"그래서 더 기대가 되는군. 과연 저런 작전이 상대에게 먹혀들지, 저 녀석이 단 한 번의 기회를 어떻게 장식할지 말이야."

*　　　　*　　　　*

다저스와 디백스의 2차전.

2회 초까지 양 팀 모두 단 한 타자도 출루를 허용하지 않고 있었다.

2회 말 1아웃.

주자 없는 상황.

디백스의 선발투수인 선더스가 와인드업 자세를 취하고는 힘차게 공을 뿌렸다.

슈우욱!

선더스의 손에서 공이 뿌려지는 순간, 민우는 이미 그 궤적이 스트라이크존 바깥으로 향해 있다는 것을 확인하고는 가볍게 발을 뒤로 풀었다.

팡!

"베이스 온 볼스!"

4번째 공이 스트라이크존을 크게 벗어나며 볼이 선언되는 모습에 민우는 미미하게 고개를 끄덕거렸다.

'역시. 날 상대할 생각이 없군. 그렇다면 슬슬 밑밥을 깔아야겠지.'

"아~ 시시하네. 이럴 거라면 배트를 거꾸로 쥐어도 되겠어."

민우가 홀로 중얼거리는 소리를 들은 디백스의 포수, 몬테로의 미간에 주름이 잡혔다.

'이 새끼가?'

마치 자신에게 들으라는 듯이 말하는 것처럼 느껴졌기 때문이었다.

뒤늦게 무어라 반응을 하려 했지만 민우는 이미 1루를 향해 천천히 달려가고 있었다.

잠시 그런 민우의 뒷모습을 지그시 노려보던 몬테로는 콧바람을 가볍게 내뱉고는 다음 타자인 블레이크에게로 신경을 돌렸다.

1루 베이스를 밟은 민우는 마스크 사이로 비치는 몬테로의 얼굴을 바라보며 보란 듯이 씨익 웃어 보이고 있었다.

'밑밥을 뿌려야 고기가 냄새를 맡는 법이지.'

디백스가 자신을 견제할 의지가 확고하다면 민우가 2스트라이크를 내어줘도 상대해 주지 않을 확률이 높았다.

하지만 디백스는 팀 상황이 조금 특수했다.

시즌 도중 경질된 감독을 대신해 7월부터 감독 대행을 맡고 있는 깁슨이었다.

감독과 감독 대행이라는 이름은 어쩔 수 없이 그 권한이 차이가 나게 마련이었다.

더군다나 메이저리그는 감독의 권한이 절대적이라고만은 할 수 없었다.

실제로 종종 감독과 선수가 고성을 지르거나, 의견 충돌로 갈등을 빚는 경우를 심심치 않게 볼 수 있었다.

만약 몬테로가 선수의 자존심을 들먹이며 깁슨에게 의견을 표출한다면 감독 대행인 깁슨 역시 팀의 상황을 생각했을 때, 선수들의 분위기를 해치지 않기 위해 작전에 변화를 줄지도 모르는 일이었다.

민우는 그런 다양한 경우를 하나하나 추측하면서 부디 자신의 계획이 원하는 방향으로 먹혀들어가길 바라고 있었다.

'더군다나 나는 기록을 빼면 이제 갓 데뷔한 루키고, 몬테로나 선더스는 메이저리그에서 몇 시즌을 지낸 베테랑들이니

까. 도발이 먹혀들기는 딱 좋은 상황이겠지.'

루키는 주심의 판정에 불만을 가져서도 안 되며, 상대 투수에게 데드볼을 맞더라도 불만을 표현하면 안 되는 곳이 바로 메이저리그였다.

루키가 불만을 표출하는 모습을 보인다면 바로 '응징'이 들어오는 곳이 메이저리그이기도 했다.

'혹여나 아까 내 도발로 인해서 데드볼이 날아올지도 모르겠지만… 이제는 '신체 강화' 특성이랑 '악바리' 특성이 있으니까, 오히려 득이 되면 되겠지. 후후.'

디백스의 1루수, 라로쉬는 그런 민우를 바라보며 가볍게 미간을 찌푸렸다.

'흥, 기고만장해하기는.'

그의 눈에는 민우의 웃음이 디백스의 선수들을 향한 비웃음으로 느껴지고 있었다.

라로쉬는 이내 마음에 들지 않는다는 듯, 더그아웃 방향으로 시선을 돌렸다.

'아무리 이 녀석이 잘났다고 해도 100% 때려낸다는 보장은 어디에도 없잖아. 아무리 작전이라고는 하지만… 이건 이거대로 자존심이 상한다고.'

민우가 압도적인 기록을 보이고 있는 것은 사실이었다.

하지만 그렇다고 해서 팀 전체적으로 민우라는 선수 한 명에게 이렇게 기가 눌려서 피해야 할 이유는 없다고 생각하고 있는 라로쉬였다.

*　　　　*　　　　*

　그렇지 않아도 바닥에서 허우적대고 있는 성적이었기에 승리가 절실한 것은 알고 있었다.

　그리고 마침 시즌 마지막 상대가 라이벌이라 생각하는 다저스라는 것은 디백스의 마지막 자존심을 살려주기에 적절한 기회이기도 했다.

　하지만 팬들의 눈엔 그 과정이 벌써부터 지고 들어가는 모습으로 보이고 있었다.

　머나먼 원정을 따라오지 못한 디백스의 팬들은 애리조나 각지에서 TV를 통해 경기를 지켜보고 있었다.

　그리고 그들은 해설자가 디백스가 민우를 피하기 위해 고의로 볼넷을 주고 있다는 것을 은근히 드러내는 것을 충분히 느끼고 있었다.

　그리고 바로 그 점이 디백스 팬들의 마지막 자존심마저 상하게 하고 있었다.

　─베이스 온 볼스! 첫 타석부터 스트레이트 볼넷으로 출루하는 강민우 선수입니다.

　─음~ 어제 경기에서도 스트레이트 볼넷을 3개나 얻어냈

던 강민우 선수였는데요. 오늘도 첫 타석부터 디백스의 집중
견제를 받는 느낌이······.

꿀꺽꿀꺽.

콰직!

다 마셔 버린 맥주 캔을 힘껏 구겨 쥔 금발 청년이 TV에서
흘러나오는 장면에 미간을 찌푸렸다.

"설마 오늘도 저 녀석에게 볼넷을 남발할 생각은 아니겠지?"

"그러니까! 깁슨은 도대체 무슨 생각으로 저러는 거야? 시
즌 다 끝난 마당에 이제 와서 저게 무슨 굴욕적인 짓이냐고."

그 의문의 말을 받아준 것은 바로 옆에 앉아 있던, 주근깨
가 가득한 얼굴의 붉은 머리 청년이었다.

─아! 주자 스타트! 2루로 뜁니다! 포수 쏩니다! 2루에~ 세
이프! 들어갑니다! 득점권에 들어가는 강민우 선수입니다! 빠
른 발로 한 베이스를······.

─몸 쪽 공! 다시 한 번 3루로 뜁니다! 아~ 송구가 살짝 빗
나갔네요! 너무나도 여유 있게 3루를 훔치는 강민우! 연속 도
루 성공! 거침없이 내달립니다! 2회부터 2개의 도루로 자신의
빠른 발을 자랑하며 다저스의 팬들을 기쁘게······.

단 2개.

단 2개의 투구 사이에 벌어진 일에 두 청년은 어안이 벙벙한 표정을 짓고 있었고, 그 표정은 점점 일그러지고 있었다.

계속해서 답답한 표정을 짓고 있던 금발 청년은 민우가 가볍게 3루까지 훔치는 모습에 맥주 캔을 집어던지고는 크게 한숨을 내쉬었다.

"하아… 진짜! 저렇게 3루까지 그냥 내어줄 거면 차라리 정면 승부를 하든가. 삼진 하나라도 잡아내란 말이야! 도대체 뭐하자는 건지 모르겠네. 이젠 3루타 맞은 거나 마찬가지잖아."

"그러고 보니까 강민우가 도루가 적어서 그렇지, 빠르기는 겁나 빠르잖아. 마이너리그에서도 도루 꽤 했다고 하지 않았나? 저번에 홈스틸도 그렇고."

붉은 머리 청년의 의문에 금발 청년이 가볍게 고개를 저었다.

"설마, 우리가 아는 걸 깁슨이 모를까?"

곧, 서로를 바라보던 그들의 시선이 다시금 TV로 향했다.

*　　　　*　　　　*

3루 베이스를 밟고 일어선 민우는 자신을 노려보는 몬데로의 눈빛에 씨익 웃어 보였다.

하지만 마음속으로는 안도의 한숨을 내쉬고 있었다.

'후우, '대도' 스킬이 없었거나, 몬테로의 송구가 빗나가지 않았다면 3루에서 죽었을 거야.'

제대로 도발을 하기 위해 2루로 뛴 뒤, 곧장 3루로 뛰었다.

그리고 3루로 뛰는 순간, 몬테로가 자리에서 일어나는 모습이 보였다.

3루로 뛰는 민우를 잡기 위해 미리 준비를 하고 있던 것이었다.

하지만 민우는 3루로 뛸 생각을 가졌을 때, 이미 '대도' 스킬을 아끼지 않고 발동시킨 상태였고, 2루로 달릴 때보다 더욱 빠른 속도로 3루에 도달할 수 있었다.

거기에 몬테로의 급한 마음을 알려주듯, 미리 준비하고 있었던 것에 비해 그 송구가 크게 빗나가고 말았다.

'아마 자존심이 완전히 상했겠지.'

1아웃 주자 1루 상황은 순식간에 1아웃 주자 3루 상황으로 바뀌었다.

1루에선 장타가, 2루에선 단타가 나와야 득점을 할 수 있지만, 3루에 도달한 이상 블레이크가 깊은 플라이만 쳐준다면 얼마든지 홈을 밟을 수 있었다.

3루를 가볍게 노려보던 선더스가 와인드업 자세에서 힘차게 공을 뿌렸다.

슈우욱!

선더스의 손에서 공이 떠나는 순간, 블레이크의 배트도 빠르게 휘둘러졌다.

따악!

블레이크 역시 펀치력을 소유한 타자임을 증명하듯 그 스윙에는 힘이 담겨 있었다.

하지만 타이밍이 완벽히 맞지 않은 듯, 그 타구는 우익선상을 따라 크게 떠올라 날아갔다.

'잡혔군.'

그 모습에 민우는 3루 베이스로 돌아가 한 쪽 발을 단단히 붙이고는 언제든지 홈으로 튀어나갈 준비를 마치고 서서히 떨어지는 타구를 바라봤다.

─빗맞았어요! 조금 짧아 보이는 타구인데요. 파라 선수가 라인 쪽으로 이동해서~

빠르게 낙구 지점에 도달한 디백스의 우익수, 파라가 뒤로 몇 발자국을 물러나 홈 송구를 준비하고 있었다.

곧 파라가 앞으로 슬금슬금 걸어 나오며 글러브를 들어 올렸고, 타구가 그 속으로 빨려 들어갔다.

팍!

그와 동시에 민우가 빠르게 스타트를 끊었다.

타다다닷!

―잡았고요! 강하게 홈으로 송구! 3루 주자 스타트! 홈에서!

하지만 쭉 뻗어 날아오던 파라의 송구는 점점 바깥으로 휘어지기 시작했고, 포수인 몬테로는 일찌감치 홈 플레이트를 벗어난 상태였다.

포수가 떠난 홈 플레이트는 텅 비어 있었고, 민우의 앞을 막는 것은 아무것도 없었다.

좌아아악!

홈을 바라보며 전력 질주를 하던 민우는 가볍게 몸을 날리며 베이스를 스치고 지나갔다.

―블레이크 선수의 희생 플라이! 강민우 선수가 가볍게 홈을 밟습니다!

―홈으로 들어오기에 충분한 플라이였고요. 발이 빠른 강민우 선수가 여유 있게 홈을 터치하며 팀의 첫 득점을 신고합니다. 스코어 1 대 0이 됐습니다.

짝짝짝!

휘이익!

"와아아아!"

"나이스 민우!"

"잘했어! 블레이크!"

비록 민우의 호쾌한 타격을 보지는 못했지만, 그를 대신하는 2연속 도루와 희생플라이로 인한 득점이 다저스타디움을 찾은 팬들을 기쁘게 하고 있었다.

그리고 그들을 더욱 기쁘게 하는 것이 하나 더 있었다.

"파드리스가 1회부터 밀어내기 볼넷 2개로 2점이나 냈대!"

"제발! 오늘 이기고 지구 우승 가자고!"

샌디에이고 펫코 파크에서 치러지고 있는 경기에서 파드리스가 1회부터 2점을 뽑아내며 자이언츠에 앞서고 있다는 소식이 더해지며 팬들을 더욱 흥분되게 하고 있었다.

오늘 경기에서 다저스가 승리를 따내고 자이언츠가 패배를 기록한다면 남은 한 경기의 결과와 관계없이 자연스럽게 내셔널리그 서부 지구 우승은 다저스의 몫이 될 예정이었다.

자신의 신경을 건드리는 주자가 모두 사라져서인지, 선더스는 다시금 호투를 이어갔다.

슈우욱!

팡!

"스트라이크 아웃!"

7번 타자인 테리엇에게 뚝 떨어지는 체인지업으로 삼진을 뽑아낸 선더스가 천천히 마운드를 내려가면서 짧지만 임팩트가 있었던 다저스의 2회 말 공격이 끝이 났다.

따아악!

정갈한 타격음과 함께 크게 솟아오르는 타구의 모습에 다저스타디움을 가득 메운 푸른 물결에 큰 출렁임이 일어났다.

하지만 그들의 표정엔 미소 대신 아쉬움이 담겨 있었다.

잠시 타구를 바라보던 디백스의 3번, 존슨이 천천히 배트를 놓고 다이아몬드를 돌기 시작했다.

센터 필드를 지키고 있던 민우도 허리를 편 채, 좌측으로 뻗어 날아가는 타구를 바라보고 있었다.

'아이고.'

선발 좌익수로 나선 기븐스가 채 몇 걸음을 옮기지도 못한 채, 순식간에 펜스를 넘어가 버리는 타구에 아쉬운 표정을 드러내며 몸을 돌렸다.

4회 초 2아웃 상황.

아웃 카운트 하나를 남겨두고 존슨의 동점 솔로 홈런이 터져 나오며 다저스의 1점 차의 아슬아슬한 리드가 깨지고 말았다.

하지만 실점의 충격도 잠시, 빌링슬리가 후속 타자인 4번, 영을 2루수 앞 땅볼로 잡아내며 이닝을 마무리 지었다.

4회 말, 다저스는 다시 한 번 기회를 잡았다.

선두 타자로 나선 3번 타자인 이디어가 2루타를 날리며 득점권에 주자가 나간 것이다.

하지만 4번 타자인 로니가 풀카운트 승부 끝에 삼진을 당하며 물러났고, 5번 타자인 민우에게 두 번째 기회가 돌아왔다.

"킹 캉! 킹 캉!"

"홈런! 홈런!"

팬들의 응원을 받으며 민우가 천천히 배터 박스에 들어섰다.

'별 반응이 없네?'

첫 타석에서의 가벼운 도발이 있었기에 트래시 토크가 튀어나오리라 추측했지만, 몬테로는 그저 조용히 앉아 있을 뿐이었다.

오히려 그런 무반응이 민우의 기분을 묘하게 만들고 있었다.

하지만 곧 주심이 경기 재개를 알리며 민우의 관심은 포수인 몬테로에게서 투수인 선더스에게로 돌아갔다.

곧, 선더스가 가볍게 고개를 끄덕이고는 글러브를 끌어 올리며 민우를 지그시 노려봤다.

곧, 키킹과 함께 강하게 스트라이드를 내디딤과 동시에 뒤로 당겨졌던 선더스의 손이 앞으로 휘둘러졌다.

그리고 그 손에서 뿌려진 공이 크게 휘어지는 듯하더니, 곧 민우의 몸 쪽으로 날아가기 시작했다.

민우는 자신에게로 뻗어오는 공의 모습에 본능적으로 몸을 틀며 충격에 대비했다.

빡!

'윽.'

그리고 거의 동시에 등에서 느껴지는 따끔거리는 통증에 민우의 미간이 가볍게 찌푸려졌다.

하지만 곧 그 얼굴엔 잔잔한 웃음이 피어올랐다.

'이렇게 알아서 도와주려고 하니 참… 고맙네.'

'악바리' 특성 덕분에 통증은 그렇게 고통스럽지 않았다.

민우는 차근차근 준비가 되어가는 상황에 몸에 맞는 공에 대한 불만을 드러내지 않고 곧장 1루를 향해 달려 나갔다.

그리고 그런 민우를 대신해 팬들이 거친 욕설과 야유를 내뱉고 있었다.

"우-우-우-우!!"

"스트라이크존에 던질 줄 모르는 거냐!"

"그런 식으로 할 거면 마이너리그로 꺼져 버려!"

하지만 그 목소리를 듣는 몬테로는 야유는 신경조차 쓰지 않는 듯, 약간의 비웃음을 담은 얼굴로 민우를 바라보고 있을 뿐이었다.

'흥. 제까짓게 뭐라도 되는 줄 알고 건방지게 그딴 소리를 해.'

비록 첫 타석에서는 연속 도루를 허용하고, 실점까지 하고 말았지만 영의 솔로포로 다시 동점이 되어 있었다.

그리고 지금은 2루에 주자가 있는 상황이었기에 뛰고 싶다 하더라도 작전이 아닌 이상 뛰기 힘든 상황이었다.

몬테로는 곧 민우에게서 신경을 끄고는 다음 타자인 6번, 블레이크를 상대하기 시작했다.

슈우욱!

따악!

배트를 크게 휘두른 블레이크는 손에서 느껴지는 둔탁한 느낌에 또다시 범타가 나왔다는 것을 깨닫고는 고개를 푹 숙인 채, 1루를 향해 달려가기 시작했다.

하지만 곧 중견수가 거의 제자리에서 타구를 잡아냈고, 하프 웨이를 하며 추이를 지켜보던 민우는 빠르게 1루로 되돌아갔다.

동시에 전광판에 아웃 카운트를 알리는 표시가 올라갔다.

슈우욱!

따아악!

풀카운트까지 가는 승부 끝에 경쾌한 타격음과 함께 7번 타자인 테리엇의 타구가 좌측으로 크게 떠올랐다.

블레이크의 타구보다 훨씬 크고 멀리 뻗어가는 타구에 모두가 환호성을 내지르며 기대에 찬 시선을 보내기 시작했다.

"오오오!!"

"넘어가라!"

타다닷!

2아웃 상황이었기에 2루 주자였던 이디어와 1루 주자였던 민우는 곧장 스타트를 끊은 상태였다.

하지만 민우의 표정은 아리송함이 드러나 있었다.

'넘어가려나? 하필이면 바람이……'

오늘 다저스타디움의 바람은 좌측 외야에서 우측 내야 방향으로 불고 있었다.

파워가 부족한 테리엇이었기에 아슬아슬한 타구라면 펜스 앞에서 잡힐 확률이 높았다.

그리고 디백스의 좌익수, 앨런이 펜스 앞에 자리를 잡은 채 하늘을 바라보고 있는 모습이 보였다.

민우는 혹시나 하는 마음에 좌익수가 공을 흘리길 바라고 있었다.

하지만 평범한 공을 놓치는 것을 보는 것이 더 희귀한 메이 저리그였다.

팍!

앨런이 타구를 따라 옆으로 움직이더니, 곧 가볍게 포구를 해냈다.

아웃 카운트 3개가 모두 채워지며 다저스의 공격이 소득 없이 끝이 나고 말았다.

"아아……."

"아깝다……."

득점권에 주자를 내보내고도 홈으로 불러들이지 못하는 모습에 다저스의 팬들도 크게 아쉬움을 드러내고 있었다.

'쩝.'

2루를 지나 3루에 거의 도달했던 민우가 아쉬움에 입맛을 다셨다.

'이렇게 된 이상 더더욱 내 작전이 먹혀들기를 바라야겠네.'

밑밥을 뿌렸고, 상대도 냄새를 맡고 미끼를 건드리고 있었다.

이제 남은 건 살살 약을 올리면서 상대가 미끼를 덥석 물었을 때, 제대로 낚아채는 것뿐이었다.

5회 초를 지나 6회 초까지, 다저스와 디백스는 사이좋게 한 타자씩 번갈아 출루를 시키며 서로에게 희망 고문을 하고 있었다.

그렇게 소득 없는 이닝을 지나며 1 대 1의 균형은 깨지지 않은 채, 경기는 6회 말에 접어들고 있었다.

6회 말.

다시 한 번 다저스의 공격이 시작되었다.

선두 타자로 나선 이는 3번 타자인 이디어였다.

마운드에는 디백스의 선발로 나선 선더스가 호투를 바탕으로 굳건히 마운드를 지키고 있었다.

가볍게 로진백을 매만진 선더스가 몬테로의 사인에 고개를 끄덕이고는 글러브를 끌어 올렸다.

슈우욱!

선더스의 손을 떠난 공이 홈 플레이트 앞에서 뚝 떨어져 내리기 시작했다.

하지만 생각보다 그 각이 크지 않았고, 매섭게 배트를 돌리던 이디어가 살짝 무릎을 굽히며 떨어지던 공을 툭 건드렸다.

따악!

둔탁한 타격음과 함께 낮게 바운드된 타구가 2루 베이스에서 살짝 왼쪽으로 치우친 궤적을 그리며 빠르게 튕겨 나갔다.

곧, 타구를 쫓아 디백스의 유격수, 드류가 잽싸게 몸을 날리며 글러브를 뻗어 보였다.

촤아아악!

하지만 아슬아슬하게 글러브를 스쳐 지나간 타구는 기어코 내야를 뚫고 외야로 흘러나갔다.

"와아아아!"

"좋았어!"

"멋진 안타야!"

다저스의 팬들은 상대팀 유격수인 드류가 멋지게 몸을 날리는 것엔 관심이 없었다.

그들은 안타를 만들어내고 여유 있게 1루 베이스를 밟고 선 이디어에게 환호를 보내고 있었다.

뒤이어 다음 타자인 4번, 로니가 타석으로 들어서고 있었다.

민우도 대기 타석으로 들어서며 자신의 차례를 기다렸다.

슈우욱!

선더스의 손에서 뿌려진 공이 순식간에 홈 플레이트 근처에 도달했다.

딱!

텅!

동시에 로니가 가볍게 배트를 휘둘렀고, 투박한 타격음과 함께 크게 당겨진 타구가 우측 파울라인을 넘어 측면 관중석의 펜스를 그대로 강타했다.

파울!

매섭게 휘어진 타구가 다시 한 번 파울이 되자, 로니가 입을 벌리며 아쉬움을 드러내고 있었다.

로니는 2볼 2스트라이크 상황에서 연달아 3개의 공을 파울로 걸어내며 선더스의 투구 수를 차근차근 늘려가고 있었다.

그 모습을 바라보던 민우는 배트를 가볍게 휘두르며 생각에 잠겼다.

'투구 수도 거의 90개에 다다른 건가… 초반보다는 힘이 떨어져 보이긴 한데.'

슈우욱!

딱!

또 한 번의 타격음과 함께 크게 떠오른 타구가 우측 관중석으로 사라져 버렸다.

파울이 많이 나온다는 것은 타자가 제대로 컨택을 하고 있다는 것이기도 했지만, 투수가 타자의 헛스윙을 유도할 정도의 구위를 보이지 못하고 있는 것이기도 했다.

'지금이 큰 거 한 방 나오기엔 딱 좋을 때이긴 한데.'

슈우욱!

따아악!

지금껏 들려오던 둔탁한 느낌과는 다른 정갈한 타격음이 민우의 귓가를 스쳐 지나갔다.

로니의 배트에서 낮게 쏘아진 타구가 다저스타디움의 가장 깊은 곳인 우중간 펜스를 향해 날아가고 있었다.

동시에 디백스의 중견수와 우익수가 타구를 쫓아 달려가고 있었지만 노 바운드로 잡기에는 무리가 있어 보였다.

─쳤습니다! 우중간을 그대로 가르며 펜스를 직격하는 타구! 이디어가 홈까지 올 수 있나요!

곧 펜스를 그대로 강타한 타구가 빠르게 튕겨 나왔고, 곧장 되돌아오는 타구를 잡아낸 우익수가 내야를 향해 강하게 공을 뿌렸다.

2루를 지나 3루를 돌던 이디어는 3루 코치의 스톱 시그널에 3루를 지나 몇 걸음을 내디디다 다시 3루로 돌아가는 모습이었다.

그때, 우익수의 공을 받은 2루수가 공을 미끄러뜨리며 잠시 더듬는 모습을 보였다.

하지만 이미 탄력을 잃은 이디어가 다시 홈을 노리기에는 조금 무리가 있었다.

그 모습에 몇몇 관중이 왜 이디어를 멈춰 세웠냐는 듯한 불만 섞인 목소리를 내뱉었지만, 대부분의 관중들은 2루타를 때린 로니를 향해 박수를 보내고 있었다.

─아~ 멈추네요! 들어오지 않았습니다! 로니 선수의 2루타로 노아웃에 주자 2, 3루! 디백스가 다시 한 번 위기를 맞이합니다!

─2루수가 공을 더듬으며 홈을 노려볼 법도 했지만, 다저스는 안전을 택했습니다. 그리고 타석에는 오늘 볼넷과 몸에 맞는 공을 각각 하나씩 기록하고 있는 강민우 선수가 들어섭니다.

비록 득점까지 이어지지는 않았지만 노아웃에 연속 안타로 분위기는 다저스에게로 완전히 넘어와 있는 상태였다.

더군다나 다음으로 타석에 들어서는 타자가 민우라는 점은 팬들을 더욱 흥분시키고 있었다.

"어제처럼 홈런 한 방 날려줬으면 좋겠다."

"디백스 이 치졸한 놈들. 이번에도 볼만 뿌리는 거 아니야?"

"아무리 그래도 무사 2, 3루인데 무사 만루까지 가져갈까?"

팬들은 미심쩍은 눈빛으로 그라운드를 예의 주시하고 있었다.

띠링!

[데드볼로 인해 '악바리' 특성의 효과가 발동됩니다.]

[직전 타석에서 위험도 '중' 부위, 등에 데드볼을 맞았습니다.]

[일시적으로 파워 +3, 정확 +3이 상승합니다.]

타석에 들어섬과 동시에 눈앞에 떠오른 메시지에 민우의 입가에 가볍게 미소가 지어졌다.

'오케이. 1차 준비는 됐고. 일단 또 볼을 주는지 지켜볼까?'

곧 타격 자세를 취한 민우는 선더스를 바라봤다.

잠시 뒤, 사인 교환을 마친 듯, 선더스의 손에서 공이 하나씩 뿌려지기 시작했다.

하지만 그 공이 하나씩 뿌려질 때마다 팬들의 얼굴엔 점점 분노가 들어차기 시작했다.

슈우욱!

꽝!

"볼!"

"볼!"

"볼!"

스트라이크존에서 벗어나는 볼이 연속해서 3개가 쏘아졌다.

순식간에 3볼 노 스트라이크 상황이 만들어지자 야유와 고성이 쏟아지기 시작했다.

"야, 이 잡것들아!"

"진짜 더럽게 하네!"

"디백스는 메이저리그의 수치다!"

"우우우우!!"

3개의 공이 연속해서 볼로 꽂히는 모습에 헛웃음을 짓는 듯한 민우의 얼굴이 중계 카메라에 잡히자 팬들의 야유 소리가 더욱 커져갔다.

―아~ 3구도 볼입니다. 이거 참… 고의 사구가 아니라는 듯, 투수는 전력으로 공을 뿌리고 있습니다만… 누가 봐도 고의 사구라고 의심할 만한 상황인데요.

―과연 디백스의 벤치가 무슨 생각을 하고 있는 것인지 알 수가 없네요. 투수 와인드업! 어? 이게 무슨 일이죠? 강민우

선수가 배트를 휘둘렀습니다.

다저스타디움에 순간 정적이 흘렀다.

4구는 누가 보아도 바깥으로 크게 휘어져 나가는 공이었다.

그런데 민우의 배트가 가볍게 돌아 나왔고, 공의 근처에도 닿지 않은 채 홈 플레이트를 지나쳤다.

그 힘없는 스윙에 주심도 잠시 당황한 표정을 짓고 있다가 뒤늦게 스트라이크 콜을 외쳤다.

"스트라이크!"

그 모습에 다저스의 팬들은 아무런 말도 하지 못한 채, 멍한 표정을 지어 보였다.

"뭐지?"

"지금 강이 배트 휘두른 거 맞지?"

공을 뿌린 선더스도, 공을 받은 몬테로도 당황하기는 마찬가지였다.

'뭐야? 얘 지금 뭐한 거야?'

몬테로는 굳어진 표정을 풀지 못한 채, 무슨 꿍꿍이냐는 듯한 시선으로 민우를 바라봤다.

하지만 정비를 마친 민우는 그런 몬테로를 신경조차 쓰지 않았고, 다시금 배터 박스에 자리를 잡고 타격 준비 자세를 취할 뿐이었다.

몬테로는 그런 민우를 잠시 노려보고는 돌연 피식 웃음을 보였다.

'이런 기회에 걸어 나가야 하는 게 아쉽다 이건가?'

그 눈에는 민우의 행동이 그렇게 보일 뿐이었다.

곧 몬테로의 사인을 받은 선더스가 또 하나의 공을 뿌렸다.

슈우욱!

이번에는 아예 홈 플레이트에 바운드가 될 정도로 낮은 공
이었다.

그럼에도 민우는 상관하지 않는다는 듯, 가볍게 배트를 휘
둘렀다.

부웅!

팡!

허공을 가르는 배트를 지나 미트에 공이 꽂히며 가죽이 울
리는 소리를 내뱉었다.

눈앞에서 배트가 명백히 휘둘러졌기에 주심은 곧장 스트라
이크 콜을 외쳤다.

"스트라이크!"

─아~ 이게 뭔가요? 크게 빠지는 공이었는데 또 다시 헛스
윙을 하는 강민우 선수! 풀카운트가 만들어집니다. 도대체 이
게 무슨 일이죠?

잠시 정적이 흐르던 다저스타디움에 일순 격한 환호성이 쏟

아지기 시작했다.

"우오오오오!!"

"승부수다!"

"남자다! 남자!"

"이래도 도망갈 테냐!"

"승부를 피하지 마라!"

또 한 번의 헛스윙에 벙쪄 있던 몬테로는 관중들의 목소리를 듣고 나서야 무슨 상황이 벌어졌는지를 깨닫고는 얼굴이 굳어지고 말았다.

'이 새끼가… 도발을 하는 거였어?'

종전까지 자신에게 시선 한 번 주지 않던 민우가 의미심장한 눈빛으로 몬테로를 바라보고 있었다.

까드득.

그렇지 않아도 더그아웃의 분위기는 가라앉아 있는 상태였다.

전날, 민우에게 3번의 볼넷을 내어주고도 단 한 타석에서 결승 홈런을 얻어맞고 패배를 기록했던 디백스였다.

선수들 사이에서는 이미 이런 식으로 승리를 따낸다 해도 그건 승리가 아니라는 분위기가 팽배해 있는 상태이기도 했다.

팀이 이미 꼴찌가 확정된 상태에서 치졸한 모습까지 보이는 것에 자존심이 상하지 않을 수가 없었다.

'야구는 이거야 한다. 그게 프로다'라는 유명한 말을 남겼던 깁슨이었지만 지금의 모습은 아무리 포장을 하려 해도 좋게 볼 수가 없었다.

곧, 몬테로의 고개가 더그아웃 방향으로 돌아갔고 무언가를 바라는 듯한 눈빛을 보냈다.

그리고 그 눈빛이 향하는 곳에는 깁슨이 굳은 표정으로 고심에 잠겨 있었다.

묘하게 돌아가는 상황에 깁슨도 이를 앙다물고 있었다.

'이 상황에서 저런 식으로 도발을 걸어올 줄이야……'

이미 전날부터 작전이란 명분으로 사사구만 5번이나 남발한 상태였다.

하지만 어느 정도는 비난을 피하기 위해 고의 사구처럼 포수가 완전히 바깥으로 나와 앉지도 않았다.

전력으로 공을 뿌리되 스트라이크존에 넣지 않았을 뿐이었다.

그것이 세 번이 되고 네 번이 되면서 어느 정도 눈치가 있는 사람이라면 고의성이 다분하다는 걸 느끼고 있었다.

하지만 그렇게 했음에도 전날 경기에서 지금 타석에 서 있는 강민우에게 홈런을 맞으며 패배를 당하고 말았다.

디백스의 일부 극성팬들은 치졸한 작전을 쓰고도 패배를 기록했다며 깁슨을 향해 무능력하다는 둥의 비난의 목소리가 커지고 있는 상태였다.

그리고 하필이면 오늘 경기에서 가장 큰 위기를 맞이한 지금 무사 주자 2, 3루 상황에서 참으로도 시기적절하게 민우의 도발이 들어왔다.

그것도 크게 빠지는 공에 두 번 배트를 휘두르며 스트라이크 2개를 그냥 내어준 상태였다.

민우를 상대하는 배터리로서는 자존심이 크게 상할 만한 행동이었다.

민우가 아무리 호성적을 올리고 있다고 해도 결국 루키인 것은 변함이 없었다.

메이저리그의 두 베테랑이 루키를 두려워하며 피하는 모습을 보인다는 것은 곧 그 자존심마저 버린다는 뜻이기도 했다.

'이 상황에서 피하라고 했다간… 그 후유증은 이 경기에서 끝나지 않을 거다. 그렇다고 정면 승부를 걸었다가 한 방을 맞는다면… 후우……'

깁슨은 머리가 아프다는 듯 미간을 찌푸린 채 고개를 가볍게 저었다.

그러고는 딱딱한 얼굴로 민우를 지그시 노려봤다.

'강민우… 당돌하면서도 영리한 녀석이야.'

깁슨은 곧 배터리 코치에게 무어라 말을 건넸고 굳은 얼굴을 하고 있던 코치가 잠시 놀란 표정을 짓더니 곧 고개를 끄덕였다.

그러고는 몬테로에게 손을 이리저리 움직이며 사인을 보냈고, 그 모습을 유심히 지켜보던 몬테로가 조금은 펴진 얼굴로 고개를 끄덕였다.

몬테로의 표정이 펴지는 것을 발견한 민우의 입가에도 아주 미미하게 미소가 피어올랐다.

'결정이 났나 보군. 하지만 여기서 피하는 것만큼 굴욕이 없을 테니 스트라이크존 안쪽으로 넣을 확률이 높겠지.'

오늘 경기에서 디백스의 배터리는 민우가 스윙을 한 공까지 포함하면 단 한 개의 공도 스트라이크존에 꽂아 넣지 않았다.

이런 상황에서 만약 또 하나의 공을 대놓고 볼로 던졌다가 민우가 배트를 휘두르지 않는다면 다시금 볼넷으로 내보내게 되는 것이었다.

유인구로 던졌다손 치더라도 팬들은 또다시 민우를 고의사구로 내보낸 것이라고 판단하고 비난의 목소리를 낼 확률이 높았다.

만약 그런 결과로 이어진다면 메이저리그를 지켜보는 팬들의 반응은 불 보듯 뻔했다.

'루키를 무서워하는 디백스', '신성한 메이저리그의 비겁자 디백스', '치욕의 역사를 남긴 디백스'.

최선은 삼진으로 완벽하게 돌려세우는 것, 차선은 플라이나 땅볼로 돌려세우는 것이었다.

그리고 아이러니하게도 차차선은 볼넷으로 내보내는 것이 아닌 차라리 안타를 맞는 것이었다.

'볼넷으로 내보내고 비난을 받는 것에 이어서 후속 타자에게 안타를 맞고 실점까지 허용하면 모든 것을 잃는다. 그보다 치욕적인 건 없을 테니까.'

디백스는 민우의 결정적인 한 수로 인해 딜레마에 빠지게 된 것이었다.

민우는 마지막으로 최후의 한 수를 떠올렸다.

'기왕 하는 거 확실하게 해야겠지?'

배터 박스에서 한 발 물러나 있던 민우는 시선을 돌려 굳은 표정으로 공을 문지르고 있는 선더스를 바라봤다.

'투기 발산!'

지잉—

[투기 발산의 효과를 적용하는 데 실패했습니다.]
[실패 패널티가 적용되어 총 20의 체력이 소모됩니다.]

'헐!'

자신감이 차오르고 있던 민우의 표정이 스킬의 실패로 순간적으로 흔들리고 말았다.

'쩝. 이럴 때 성공해야 대박인건데. 아쉽지만 뭐, 별수 없지.'

민우는 아쉬움을 털어내려는 듯, 허공에 강하게 배트를 휘둘렀다.

부웅! 부웅!

몬테로의 귓가에 민우가 배트를 휘두르는 소리가 유난히 크게 들려왔다.

마치 무력시위라도 하는 듯한 민우의 스윙에 온몸이 살짝 굳어지려는 것 같았다.

몬테로는 그런 자신의 모습이 마음에 들지 않는다는 듯 가볍게 혀를 차며 민우를 외면해 버렸다.

"쳇."

곧, 민우가 배터 박스에 들어서며 타격 자세를 취했고, 주심이 경기 재개를 선언했다.

민우와 선더스의 시선이 허공에서 부딪치며 거칠게 불꽃을 튀기기 시작했다.

―이것 참 뭐가 어떻게 돌아가는지 모르겠네요. 메이저리그 중계를 수없이 해왔지만, 이런 경우는 본 적이 없거든요.

―포수가 대놓고 일어서 있지는 않았습니다만… 누가 봐도 고의 사구였고요. 보통 고의 사구에서 타자는 걸어 나가는 걸 선택하지 배트를 휘두르는 경우는 없거든요. 실제로 고의 사구를 위해 던진 공을 받아서 좋은 결과를 냈던 것도 100년이 넘는 메이저리그 역사에서도 몇 없는 걸로 알고 있고요. 2006년에 미겔 카브레라 선수가 스트라이크존 근처로 쏠렸던 공을 받아쳐 다점을 올린 적은 있었습니나만… 이것 참……. 시즌 막판에 정말 흥미로운 광경을 보게 되네요.

다저스타디움을 가득 메운 모든 이들이 숨을 죽인 채, 그라운드를 바라보고 있었다.

곧 포수와 사인 교환을 마친 선더스가 글러브를 가볍게 들어 올렸다.

뒤이어 키킹과 함께 스트라이드를 강하게 내디뎠고, 뒤로 크게 당겨졌던 팔이 타석을 향해 쏜살같이 휘둘러졌다.

슈우우욱!

선더스의 손을 떠난 공은 민우의 등 뒤에서 살짝 떠오르는 듯한 모습으로 빠르게 날아오기 시작했다.

마치 몸을 맞출 듯 보였지만 민우는 두 눈을 빛내며 앞다리를 톡톡 튕긴 뒤, 강하게 스트라이드를 내디뎠다.

동시에 일직선으로 날아올 듯 보이던 공이 스트라이크존의 몸 쪽 낮은 코스의 모서리를 찌를 듯 날카롭게 휘어져 내렸다.

너무나도 완벽한 제구라는 생각에 선더스의 입가에 미소가 피어난 순간.

미트를 향해 그대로 꽂아 들어갈 듯 보이던 공의 앞을 가로막는 무언가가 있었다.

따아아악!

민우의 체중을 온전히 실은 배트가 날카롭게 돌아 나오며 선더스의 공을 강타했고, 뒤이어 큼지막한 타격음이 그라운드를 타고 울려 퍼졌다.

배트에서 쏘아진 타구가 우측으로 날아가며 큼지막한 포물선을 그리고 있었다.

민우는 손에서 느껴지는 극히 미미한 느낌의 진동이 주는 짜릿함에 절로 미소가 지어지고 있었다.

'잘 가라.'

하늘을 뚫을 듯 끝을 모르고 날아가던 타구가 외야석을 넘어 경기장 바깥으로 사라지는 순간.

"우와아아아아아아!!!"

"터졌다아아!!"

"장외 홈런이야!!"

다저스타디움을 가득 메운 관중들이 경기장이 무너져 내릴 듯한 큰 함성을 지르며 격하게 기쁨을 드러냈다.

─쓰리─투 풀카운트. 잘 맞췄습니다! 오른쪽으로! 큰데요! 강민우의 타구는 그대로~ 경기장 바깥으로! 다저스타디움을 훌쩍 넘겨 버리는 장외 홈런이 터집니다! 스리런 홈런! 시즌 20호 홈런을 스리런 홈런으로 장식합니다! 스코어는 4 대 1이 됩니다.

─몸 쪽으로 완전히 찔러 들어오는 공이었는데요. 맞는 순간 홈런임을 직감할 정도로 니무나도 임청난 비거리를 보여줬습니다.

―아~ 정말 대단합니다! 어제 경기에서도 승부를 결정짓는 홈런을 날린 강민우 선수인데요! 오늘 경기에서도 숱한 견제를 받고 있었거든요. 그런데 일부러 스윙 두 번을 해 보이면서 풀카운트를 만들더니 기어코 카운터펀치 한 방을 날려 버리고 말았습니다. 지금의 이 홈런은 앞으로도 두고두고 회자될 것 같네요.

　―1 대 1의 균형을 완전히 무너뜨리는 스리런 홈런을 뽑아내며 다저스의 팬들을 기쁘게 하는 강민우 선수! 그리고 다저스는 지구 우승을 눈앞에 둡니다!

　민우의 단 한 번의 스윙에 완벽하게 무너지고 만 선더스와 몬테로는 너무나도 화가 난다는 듯, 다이아몬드를 도는 민우를 계속해서 노려보고 있었다.

　하지만 그동안 해온 일이 있었기에 화를 내기에도 뭣한 상황이었고 그들은 그저 속으로 분을 삭일 수밖에 없었다.

　홈 플레이트를 밟고 민우를 기다리고 있던 이디어와 로니는 민우가 홈 플레이트를 밟자 펄쩍펄쩍 뛰어오르며 민우를 맞이했다.

　"장외 홈런이라고! 이런 당돌한 자식!!"

　"알고는 있었지만 이거 진짜 미친놈이잖아!"

　민우는 그런 그들을 향해 이를 드러내고 환하게 웃어 보였다.

"이디어랑 로니가 안타를 치고 나가서 이런 기회가 온 거예요."

민우의 말에 이디어와 로니가 피식 웃으며 그 등과 엉덩이를 마구 두드렸다.

"이 자식 또 남한테 공 넘기는 거 봐라."

"이젠 익숙하다. 익숙해."

그렇게 가볍게 수다를 떨며 더그아웃으로 다가가니 토리 감독이 미묘한 웃음을 보이고 있었다.

"설마 했는데 홈런이라니. 넌 매번 나를 놀라게 하는구나."

토리 감독의 칭찬에 민우는 고개를 꾸벅 숙이고는 방긋 웃어 보였다.

"감사합니다."

뒤이어 민우는 선수들 사이로 지나가며 집단 구타를 당하기 시작했다.

그러면서도 그 입가엔 행복한 미소가 지워지지 않고 있었다.

그런 민우를 바라보던 토리 감독은 곁에 서 있던 매팅리를 향해 넌지시 말을 건넸다.

"자네는 좋겠어."

토리의 말에 매팅리가 당황한 표정으로 토리를 바라봤다.

"기 참. 또 그러십니다. 다저스의 감독은 제가 아니라 토리 감독님입니다. 그리고 아직 포스트 시즌도 남아 있지 않습니까."

"뭐, 그거야 그렇긴 하지. 후후. 그럼 정정하겠네. 자네나 나나 제대로 복덩이를 끌어안았어."

토리의 말에 매팅리도 그제야 가볍게 웃음을 보이며 고개를 끄덕거렸다.

"예. 이것 참. 8월까지만 해도 지구 우승은 물 건너간 줄 알았는데… 야구는 역시 모르는 거네요."

"끝날 때까지 끝난 게 아니다. 그래서 더 재미가 있는 것 아니겠나."

"예, 맞습니다."

디백스는 한 번 넘어간 분위기를 되찾아오기 위해 매 이닝 고군분투하는 모습을 보였다.

그리고 7회 초, 4번 타자인 영이 솔로 홈런 한방을 터뜨리며 한 점을 만회하며 분위기를 끌어 올렸다.

하지만 추격을 허용하지 않겠다는 듯, 7회 말, 기븐스가 투런 홈런을 터뜨리며 더더욱 격차를 벌렸다.

그리고 8회 말, 선두 타자로 나섰던 민우가 쐐기를 박는 솔로 홈런을 터뜨리며 디백스를 완전히 무너뜨리고 말았다.

9회 초, 2아웃 주자 없는 상황.

다저스타디움을 가득 메운 팬들의 얼굴은 이미 크게 상기되어 있는 상태였다.

앞서 자이언츠가 파드리스에 2 대 4로 패배했다는 소식이 들어왔기 때문이었다.

지금의 아웃 카운트를 잡아낸다면 다저스의 지구 우승은 확정이 되는 것이었다.

마운드에는 경기를 매조지기 위해 등판한 젠슨이 삼진 하나와 좌익수 플라이로 두 타자를 돌려세우며 다저스의 뒷문을 굳건히 지키고 있었다.

그리고 타석에는 직전 타석에서 솔로 홈런을 날렸던 영이 다시금 들어서 있었다.

하지만 젠슨은 호락호락하게 당하지 않겠다는 듯, 스트라이크존 구석구석을 넘나드는 투구로 영을 압도하고 있었다.

슈우욱!

따악!

젠슨의 손을 떠난 공을 크게 퍼 올린 영의 얼굴이 미묘하게 찌그러졌다.

젠슨을 비롯한 모든 선수가 일제히 센터 필드로 향하는 공을 바라보고 있었다.

그리고 다저스의 센터 필드를 지키고 있던 민우가 자신의 자리에서 미동조차 하지 않은 채, 하늘을 바라보고 있었다.

그리고 곧 힘을 잃고 떨어져 내리는 타구를 향해 글러브를 들어 올렸다.

팍!

―5구! 크게 퍼 올렸는데요! 센터필드로 향하는 타구! 강민우 선수가 제자리에서 미동도 하지 않은 채, 잡아냅니다!

그 모습을 조마조마한 심정으로 바라보던 선수들이 일제히 마운드로, 그라운드로 뛰쳐나가며 환호성을 지르기 시작했다.
"우와아아아아아!!"
"지구 우승이다!!!"
"우리가 우승이야!!"
그리고 그 모습을 바라보던 다저스타디움을 가득 메운 수많은 이가 일제히 박수를 치고, 만세를 부르며 그 모습을 바라보고 있었다.

―정말 이런 걸 기적이라고 하는 것이겠죠? 누가 지금 이 팀의 지구 우승을 예상했겠습니까? 8월까지만 하더라도 지구 4위에 있던 다저스였는데요. 9월부터 바로 오늘까지 무려 21승 6패라는 어마어마한 페이스를 기록하면서 90승 71패라는 기록으로 지구 우승을 달성하고 말았습니다.
―그리고 바로 그 중심에 서 있던 선수가 바로 어제에 이어 오늘도 결승 홈런을 날린 주인공이죠? 강민우 선수가 있었습니다. 다저스가 21승을 기록하는 동안 마치 짠 것처럼, 정확히 21개의 홈런을 기록하는 미친 모습을 보여주었거든요. 만약

이 선수가 없었다면 다저스가 지금의 지구 우승의 기쁨을 느끼지 못했으리라고 저는 감히 말할 수 있을 것 같습니다.

—오늘의 지구 우승으로 지난 2008, 2009년에 이어 3년 연속 지구 우승을 달성하는 다저스입니다. 바로 이 순간을 위해서 한 시즌 내내, 정말 쉼 없이 달려왔습니다.

—물론 그 과정은 쉽지 않았습니다. 팀의 주축 선수들이 부상과 부진이 겹치며 너무나도 힘든 시간들을 보냈습니다만, 강팀의 DNA는 죽지 않았다는 것을 바로 지금 이 순간, 다저스는 증명해 주고 있습니다.

『메이저리거』 11권에 계속…

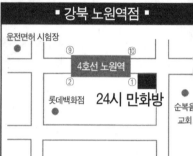
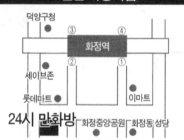

박선우 장편소설
FUSION FANTASTIC STORY

멋진 인생

Wonderful Life

태어나며 손에 쥔 것이라고는 가난뿐.

그러나 내게는 온몸을 불사를 열정과
목숨처럼 소중한 사랑이 있었다.

『멋진 인생』

모두가 우러러보는 최고의 직장이자 가장 치열한 전쟁터,
천하그룹!

승진에 삶을 바친 야수들의 세계에서 우뚝 서게 되는
박강호의 치열하지만 낭만적인 이야기!

Book Publishing CHUNGEORAM

유행이 아닌 자유추구
WWW.chungeoram.com

강준현 장편소설
FUSION FANTASTIC STORY

인생을 바꿔라

『복수의 길』, 『개척자』 강준현 작가의
2016년 신작!

자신이 무엇인지 알지 못하는 정신체, 염.
세상을 떠돌며 사람의 몸속으로 들어가
에너지를 얻고 나오길 반복하던 어느 날.

사고로 인한 하반신 마비, 애인의 이별 선언.
삶에 지쳐 자살하려는 김철의 몸에 들어가게 되는데……

"뭐, 뭐야! 아직도 못 벗어났단 말이야?"

새로운 삶을 살리라,
정처 없이 떠돌던 그의 인생 개척이 시작된다!

"어떤 삶인지 궁금하다고? 그럼 한번 따라와 봐."

Book Publishing CHUNGEORAM

유행이 아닌 자유추구 -
WWW.chungeoram.com

궁극의 쉐프

ultimate chef

가프 장편소설

FUSION FANTASTIC STORY

태초의 우물에서 찾은 사막의 기적.
사람의 식성과 식욕을 색으로 읽어내는 능력은
요리의 차원을 한 단계 드높인다.

『궁극의 쉐프』

요리란!
접시 위에 자신의 모든 것을 담아내는 것.

쉐프란!
그 요리에 자신의 가치를 증명하는 사람.

"요리 하나로 사람의 운명도 좌우할 수 있습니다."

혀를 위한 요리가 아닌, 마음을 돌보는 요리를 꿈꾸는
궁극의 쉐프 손장태의 여정이 시작된다!

Book Publishing CHUNGEORAM

유행이 아닌 자유추구 -
WWW.chungeoram.com

괴물 포식자

지구 곳곳에 나타난 차원의 균열.
그것은 인류에게 종말을 고하는 신호탄이었다.

『괴물 포식자』

괴물을 먹어치우며 성장한 지구 최강의 사내, 신혁돈.
그는 자신의 힘을 두려워한 인류에 의해
인류의 배신자라는 낙인이 찍히고 죽게 되는데…

[잠식이 100%에 달했습니다.]
[히든 피스! 잠들어 있던 피닉스의 심장이 깨어납니다.]

불사의 괴물, 피닉스의 심장은
신혁돈을 15년 전으로 회귀하게 한다.

먹어라! 그리고 강해져라!
괴물 포식자 신혁돈의 전설이 시작된다!

Book Publishing CHUNGEORAM

유행이 아닌 자유추구-
WWW.chungeoram.com